Kadokawa Fantastic Novels

妹妹進入女騎士學園就讀，不知為何成為救國英雄的人竟是我。3

After my sister enrolling in Girl Knights'School, I become a HERO.

銀髮蘿莉
白髮吸血鬼
宿敵……？
嗚妞子

嗚妞──！

哥、哥哥，你覺得怎麼樣——？

算了，我早就預料到可能會有這種情況，
先準備好泳裝了。

……主人。
我們走吧！哥哥！
暗殺者 專屬女僕
奏
妹妹兼女騎士
鈴葉

交給鈴葉兄就不會有問題吧？
了不起的女王大人
橙子
我可是你可靠的夥伴。
（自稱）
夥伴的女騎士
樸

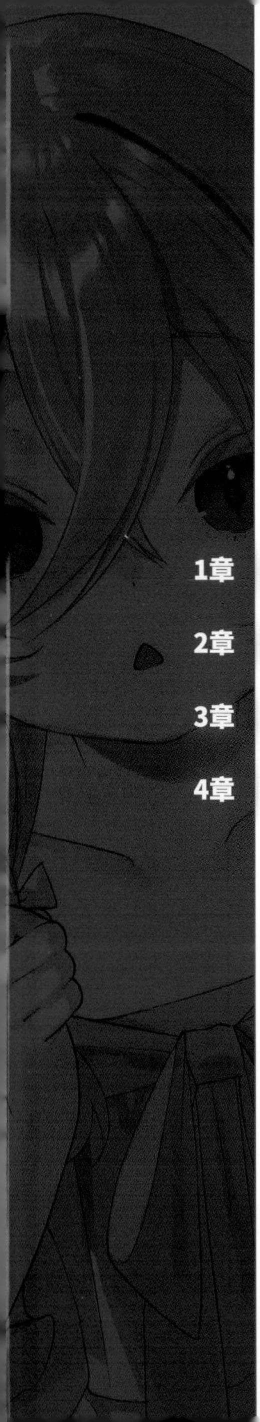

Contents

妹妹進入女騎士學園就讀，
不知為何成為救國英雄的人
竟是我。3

After my sister enrolling in
Girl Knights'School, I become a HERO.

妹妹進入女騎士學園就讀，不知為何成為救國英雄的人竟是我。

After my sister
enrolling in
Girl Knights'School,
I become a HERO.

3

author.
ラマンおいどん
插畫 なたーしゃ

Kadokawa Fantastic Novels

1章

女僕之谷

1

眼前是一片屍橫遍野的慘狀。

設置在羅安格林城的餐廳中，足以讓數十人同時用餐的長桌前。

在其一角，最後的火焰如今正要熄滅。

「……我、我不甘心……哥哥……！」

啪噠一聲。

鈴葉的頭倒在桌子上，就像斷了線的提線木偶。

她的右手拿著海膽軍艦壽司。

左手則抓著帝王蟹腿。

——有兩道身影從擺在餐廳角落的矮桌旁，觀望著這個場景。

就是我和橙子小姐。

「喔喔！鈴葉兄，鈴葉終於倒下了嗎？」

「看起來是這樣。對了，橙子小姐，妳要再來一杯茶嗎？」

「謝謝。那可以再給我一杯嗎？」

橙子小姐身為女王，她所喝的茶水本該由專業的女僕來沖沏，但現在就請她忍受一下，由我代勞了。

我笨拙地為橙子小姐沏茶並遞給她，她品了一口，吐出一口氣。

「真是和平呢……」

「很和平呢……」

鈴葉和楪小姐倒在桌上，就連躲在桌子底下偷吃的奏和鳴妞子也一同奮戰至力竭了。

我和橙子小姐會在這時喝著偏濃的綠茶，自然有其原因。

在王都舉辦凱旋遊行後過了一個月。

橙子小姐終於決定履行她以前許下的「約定」。

也就是我現在被迫成為邊境伯爵的代價，更是根本的原因。

至於那是什麼自然不用多說，就是壽司吃到飽。

而且。

「因為我的原因，讓你們等了這麼久。所以我也得準備壽司之外的東西，以示誠意！」

橙子小姐這麼說著，一起帶來的東西——是堆積如山的螃蟹！

高級螃蟹是高級食材（King of Kings）的巔峰，連哭泣的孩子也會安靜下來。

看到彷彿閃耀著璀璨光輝的壽司和螃蟹，我們自然無法保持沉默。

「哥哥……我不是在作夢吧……！（咕嚕）」

「這是……在公爵家也很少有機會能見到這麼高級的食材……！（咕嚕）」

「身為女僕……這極其需要試毒……！（咕嚕）」

「嗚妞……！（咕嚕）」

即使只是掛名，但橙子小姐都來到了這裡，我就必須以邊境伯爵的身分接待女王陛下，

而那四個人完全無視我，對食材目露凶光並吞下口水。

接下來發生的事，應該不需要贅述了——

橙子小姐聽完她帶來的廚師報告後，面露苦笑：

「哇啊，就連那邊的食材也完全被吃光了，我明明帶了絕對吃不完的量過來，想不到還是被你們吃完了～～」

「哎呀，真的很抱歉。食材花了不少錢吧？」

「沒什麼。和王室的預算比起來，這點開銷根本不需在意。嗯，食材費的話……」

「這樣啊。」

聽說這次橙子小姐不僅準備了頂級食材和廚師，還動用王室祕藏的魔道具，將所有食材和人員一起轉移到位於邊境的羅安格林城。

聽聞有那種魔道具，我感到相當驚訝，不過據說使用條件非常嚴格。

這也是理所當然的。

儘管不曉得具體的使用條件是什麼，但要是能隨意使用那種道具，無論是物資流通還是戰爭的概念都將從根本上被顛覆。

「鈴葉兄也吃得還滿意嗎？」

「啊，是……當然。」

如此回答的我表情有些僵硬。至於原因……

就是我也想和鈴葉和楪小姐一樣，參加沒有時間限制的超高級食材大胃王耐久挑戰賽，拋下一切盡情地大吃特吃。

但是當著女王橙子小姐的面，總不能那麼做。

結果我只吃了合計三十人份的壽司和螃蟹。

跟至少吃了一百人份的鈴葉和櫟小姐相比，完全就是天壤之別。

儘管很悲傷，但這就是所謂的貴族義務（Noblesse oblige）吧。大概。

——這麼一想，果然還是當個平民比較好呢。

正當我這麼想著時。

「對了，我有件事想跟鈴葉兄商量一下。」

「什麼事？」

橙子小姐非常忙碌，我之前就料想到她會特地造訪邊境應該有什麼理由。

如果只是要運送食材，忙碌的橙子小姐根本不需要親自過來。

「是關於嗚妞子和山銅的事。」

「請說。」

「我也有下令調查，但是遲遲沒有什麼進展。」

橙子小姐繼續說了下去。

據她所說，不論是山銅還是嗚妞子——也就是徬徨白髮吸血鬼（White haired vampire）的相關知識，都沒有正式記載在近年來的文獻當中，目前正在逐一查閱古代的文獻和傳說。畢竟其中一方被譽為夢幻金屬，另一方則是將入眼的一切屠殺殆盡的惡魔，沒有可信的情報也無可奈何。

當然，僅在國內查找文獻成果有限，因此王國也有在國外網羅情報。問題似乎就出現在

這一點上。

「像威恩塔斯公國這種和我國友好的國家是還好，不過也有其他沒有和我國建立外交關係的國家。」

「是嗎？」

「而且那種愈是封閉的國家，往往會保留愈多古老的情報。」

「原來如此。」

「要是派出去的人隨便闖進那種國家，反而有被對方威脅，甚至是當成人質的風險。話雖如此，我國也不可能派遣大軍壓境。從這一點來看，鈴葉兄就很讓人放心吧？我想問問鈴葉兄能不能去拜訪那種國家，透過和王國方不同的角度進行調查。」

「是這樣啊。」

確實，我原先是平民，所以就算被別的國家當成人質，也不會有什麼利益。

而且要是遇到了緊急情況，我也很擅長混進平民中逃脫。

畢竟我就是天生的平民嘛。呵呵呵。

「……雖然我不清楚鈴葉兄在想什麼，但絕對不是你想的那樣。」

「為什麼！」

我一問理由，她就說我得意洋洋的表情說明了一切。可惡。

2

當橙子小姐回到王都，鈴葉她們也終於復活，回歸日常生活時。

我和綾野討論橙子小姐拜託我的內容。

「女王請閣下親自去調查是嗎？原來如此……」

沉思中的綾野目前在我的領地擔任類似祕書長的職位。

雖然他的外表仔細一看五官端正，卻沒有亮點，和我一樣是所謂的大眾臉男性，但他其實一手包辦了羅安格林邊境伯爵領的大小事務，是個超級有才幹的官員。

我還沒有跟任何人說過，但我打算報答綾野為領地付出那麼多的恩情，希望有朝一日能幫綾野找個結婚對象。

要是綾野願意因此永遠留在這塊領地生活就好了。開玩笑的。

這方面的事暫且不提，現在更重要的是綾野對於我將長期離開城堡這件事有什麼看法。

「綾野，這件事你怎麼看？」

「我認為這是件好事。」

「是嗎？」

「我能理解橙子女王的提議，而且這是一件應該儘速處理的事。此外，如果要盡可能活用閣下的能力，就不該讓你留在這座城裡處理文書工作，我也認同這一點。」

「確實，讓我去外面討伐山賊之類的，我會更自在吧。」

「要是讓閣下討伐山賊，感覺山賊會被你清剿到演變成國際問題……總之，邊境伯爵領這邊我會盡力顧好的。」

「那太好了。」

事情的開端要回溯到一個月前，在王都舉辦凱旋遊行的時候。

在凱旋遊行後的慶功宴上，戰敗敵人的領地就這麼強行塞給我。

其結果就是羅安格林邊境伯爵領的領地，不知為何增長為原先的兩倍大。

對於這個情況，我當然也想抱怨一番。

「光是原有的領地就夠難打理了，為什麼領地的大小會變成兩倍呢？真是令人費解。」

聽到我這麼說，綾野不知為何以看著笨蛋的眼神望向我。

「……是因為閣下僅憑一人，就殲滅了百萬名士兵吧……？」

「是這樣沒錯，但那是因為敵人裡沒有人像樑小姐一樣，實力強得亂七八糟的關係吧？不僅如此，可能連實力和鈴葉相仿的女騎士都沒有？」

「當然不會有那種人，還有，假如有一百萬個鈴葉——不，就算只有一百個好了，這片大陸早就被她們征服，並且實行兄妹可以結婚的制度了。」

「綾野，你太誇張了啦。」

綾野對軍事方面可能不太熟悉，有點太過高估我和鈴葉的戰鬥力了。

「言歸正傳，我認為櫻木公爵家派來支援的人才，能力足以應付領地擴張後增加的事務工作。」

我因為領地突然擴張成兩倍而大感困擾時，對我伸出援手的人正是櫻木公爵。

也就是楪小姐的父親。

在橙子小姐來訪後沒多久，他就派了許多事務官員來羅安格林邊境伯爵領。

「我也親自確認過了，櫻木公爵家相當看重援助閣下一事。那些官員毫無疑問都是頂尖的人才，因為他們的才幹能游刃有餘地勝任大國的高級官員。即使是公爵家這種大家族，要召集那麼多優秀的人才並派到這片領地，肯定費了不少苦心。」

「這樣啊——不只是楪小姐，她的父親櫻木公爵也真的是個好人呢，也願意為了幫助我這種人付出那麼多。」

「我認為不如說正是因為閣下，他們才願意盡己所能地提供協助。」

「……我好像沒辦法否認……」

我覺得櫻木公爵對我的評價莫名高過頭了啊。

＊

和綾野分別後，我去通知其他人我即將離城，進行調查的消息。

其中，楪小姐和鈴葉興奮的反應簡直讓人難以形容。

「這樣啊，你要去旅行啊！那我也作為夥伴，為了讓你沒有後顧之憂，不得不和你一起出行了——！」

「我當然也要一起去，哥哥！」

兩人不知為何相當高興。難道成為女騎士後，沒定期去討伐盜賊或哥布林之類的，就無法抒發壓力嗎……就在我這麼想的時候。

有位女僕輕輕地拉了拉我的衣襬。

不用說，她就是這座城堡裡唯一的女僕，奏。

她今天也把在徬徨白髮吸血鬼消失後現身的神祕幼女，嗚妞子放在頭上。

看來嗚妞子正式成為了見習女僕。

「……主人。這次旅行，奏也想要跟隨。」

「嗚妞。」

「奏和嗚妞子也想去？嗯……」

照理來說，如果不是負責照顧人的女僕，是不會跟主人一起去旅行的。

奏是我們家中唯一的女僕，而她絕對不是負責照顧我的人。

一般來說，她應該和嗚妞子留在城堡裡才對——

「奏是能幹的女僕。無論是照顧主人還是收集情報，都能做得很完美。」

「嗚妞——」

是的。

我們家的奏是以前曾去收集過各家祕密情報的女僕。

根據奏所說，收集情報似乎是女僕的基本技能之一。

「那奏也要一起去嗎？」

「……要！」

「嗚妞——！」

奏聽到我這麼問，打從心底感到開心似的蹦跳起來，搖晃得相當厲害。

嗚妞子不知為何也同樣很高興。畢竟她似乎是見習女僕，應該是因為能在路途中請教許多關於女僕工作的事吧。大概。

＊

我們決定一起外出旅行。那麼接下來的問題，就是要去哪裡。

而在這個問題上，大家的意見完全不同。

大家對著攤在會議室桌上的大陸地圖，各自提出自己的見解。

「——你聽好了，哥哥。這是把橙子女王給的訪問地點清單依序排列出來的路線，雖然只需要繞一點路，但我覺得這樣沿著海岸走是——」

「不過從那份清單來看，橙子只是列出了和我國沒有邦交的國家吧？我認為更應該以有機會獲得情報的地方為主。具體來說就是這個地區——」

「那裡不是櫻木公爵家掌控的領地旁邊嗎？樸小姐只是想回家吧……？」

「妳要這麼說的話，那妳選的那條路線只是想去海邊游泳，吃遍各地的海鮮吧……？」

「才、才不是妳說的那樣！」

我看著鈴葉和樸小姐熱烈辯論的模樣，心想女騎士們在開策略會議時，是不是也是像她們這樣呢？我不是軍人，所以不清楚具體的情況。

更讓我在意的是女僕奏的模樣。

她散發出來的氣息就像是表面上擺出退讓的態度，望著兩人議論，卻有某種祕計。

而且平常總是說女僕有專屬的情報網。

「奏，妳有什麼好主意嗎？」

鈴葉和楪小姐聽到我這麼說，也看向了奏。

「交——給奏吧。」

奏自信滿滿地挺起胸膛，用力指向地圖上的某一點。

「我看看，這裡是……山谷嗎？」

「是山谷沒錯。不過哥哥，這附近似乎沒有聚落之類的耶。」

「那是當然的。這裡是個祕密地點，人們稱這裡為女僕之谷。」

「女僕之谷？」

我自然沒有聽說過，不過鈴葉和楪小姐好像也都沒聽過的樣子。

奏得意洋洋的表情又加深了幾分。

「是的，這裡是培育優秀女僕的祕密地點。」

「原來還有這種地方啊……」

「我也是來自那裡。因為這是天大的祕密，不可以對任何人說。」

「可是妳剛才就說出口了耶……？」

「主人是奏的主人，所以是特別的。」

雖然我很想問她，那鈴葉和楪小姐對她而言是什麼人，但我覺得這個話題可能會變得很麻煩，還是保持沉默好了。

「女僕是收集情報的專家，所以世界各地的祕密情報都會匯聚到女僕之谷。」

「嗯……奏說的也有道理。」

「楪小姐？」

「就如奏所說，女僕擁有的橫向情報網之廣，有時甚至凌駕於貴族。和橙子所提到的小國相比，這個地方可能會有更多情報。」

「…………」

「怎、怎麼了，鈴葉？妳有什麼想說的嗎——？」

「從這個地方跨越兩座山，就是櫻木公爵的領地對吧？」

「天、天啊！我完全沒注意到，真巧呢——！」

姑且不管楪小姐為什麼會額頭冒汗，連忙辯解。

「總之，我們的第一個目的地決定好了。」

女僕是收集情報的專家。至少我們家的奏是。

既然如此，就先採用奏的提議吧。

於是，我們一行人決定前往女僕之谷。

3（橙子的視點）

深夜的櫻木公爵家。

橙子女王與櫻木公爵家的家主，當晚也在家主專屬的書齋中進行密會。

「——嗯。這麼說來，您是刻意讓那個男人離開領地的嗎？」

「就是這麼回事。畢竟如果鈴葉兄一直待在那塊土地上，那裡就絕對不會發生戰爭，即使是被魔物或龍襲擊也不會出事，在他的統治下，不僅領民們人人平等，他還會善待平民，賦稅也輕，甚至在那裡發現了山銅礦脈——雖然幾乎沒人注意到，但是鈴葉兄的領導特質有一～點太強烈了。」

「嗯……」

「還有，鈴葉兄擁有的魅力，和他是毫無自覺的作弊傢伙一樣，即使我們都對此無可奈何，那麼有領袖魅力的人一直待在那種邊境地帶會是個問題。要是就這樣放任不管，最糟糕

的情況就是國家可能會因此一分為二。」

「我覺得那個男人根本沒有那種想法啊……？」

「鈴葉兄或許完全沒有那種想法。而且長遠來看，我們也計劃遷都到羅安格林邊境伯爵領，當然，領主依然會是鈴葉兄。」

雖然讓鈴葉兄成為羅安格林邊境伯爵的人確實是自己。這個事實讓橙子嘆了口氣。

當時是因為與威恩塔斯公國開戰的關係，不得不那麼做。

而且鈴葉兄當上領主後表現不僅很優秀，還發現了祕銀礦山，甚至是山銅礦脈，這些完全是出乎預料的事。

「雖然我說要遷都，不過那當然是很久以後的事情了。」

「的確，山銅礦脈，以及在那個男人的統治下帶來的絕對安全感，即使忽略其他不利的條件，或許還是有遷移王都的價值。」

「不過如果要實行，也得做好許多準備呢——這不是我們現在三言兩語就能定下來的。在那之前我們得讓鈴葉兄成為國家的領袖，而非只在羅安格林邊境伯爵領才行。」

話題回到了原點。

當時橙子對鈴葉兄說過，希望取得山銅與徬徨白髮吸血鬼的情報，由於我國和有國交的國家正在調查中，希望他去尋找除此之外的情報來源，這些當然都是事實。不過拜託他幫忙還有更重要的原因——

「您列給那個男人的……全是拒絕與我國交涉的國家嗎？」

「沒錯。即使我親自前去也會被拒之門外，不過如果是鈴葉兄去就沒問題了吧？」

「畢竟他獨自一人擊敗百萬名敵兵的傳說，如今已經傳遍整片大陸了。就算是那些情報不靈通的人，也不可能不知道那個男人。而且只要想到惹怒他的後果是會在瞬間被消滅，想必他們也不會無禮相待。」

「不過，如果惹怒了鈴葉兄就會在一瞬間灰飛煙滅是事實，但我想那個溫和的鈴葉兄不會因為那點程度的小事就生氣！」

「哼。那些封鎖情報往來的人不可能會知道這點。」

「就是這麼回事。欸，公爵，你覺得我這次的計畫怎麼樣？」

橙子為自己打分數，對這次的安排滿意至極。

畢竟橙子能夠透過這次的計畫，合理地大肆宣揚鈴葉的兄長是國家的顏面——也就是他在橙子的掌控之下。

其中也藏著橙子無法對任何人說出口的心思。即是——

——必須讓世人知曉，就算現在和鈴葉兄待在一起的人是楪，橙子也和他關係很密切的事實，這種心思。

絕對不是因為鈴葉的兄長不在的時候，沒辦法送壽司過去給他，能進而避免王室的財政陷入危機這種低俗的理由。

總而言之，橙子心裡覺得自己這次的計畫相當高分。

然而，公爵的表情與橙子預料的不同。

「這個嘛……」

「——你那是什麼表情？公爵，我的計畫有什麼問題嗎？」

「不，沒那回事。」

「那你為什麼會露出那種感覺有些難以接受的微妙表情呢？」

「因為我現在的感覺就是如此。」

「……嗯？」

公爵輕咳一聲，對一臉納悶的橙子說道：

「我問您一個問題，如果事情都如您所願地發展，那最後會發生什麼事？」

「咦？這個嘛……首先，他們應該無法收集到山銅和徬徨白髮吸血鬼的情報。我認為任何勢力都沒有這方面的情報，所以估計最後那些被鈴葉兄嚇壞的人，會慌張地想與我國建立邦交，或者送來一些貢品吧？」

「我也這麼認為，所以我才會感到不安。」

「怎麼說？」

「您認為那個男人會因為這點中規中矩的成果，就有所收斂嗎？」

「咦……」

橙子心想，這我也無法斷言啊。

自橙子還是公主之時，應對拒絕建立邦交的潛在敵國就是重要課題之一，也有派出間諜，收集情報進行分析。

即使鈴葉的兄長再厲害，橙子也不認為他能取得超乎預想的成果。

「那麼公爵，你認為鈴葉兄會做出什麼事呢？」

「我想想，遠比威懾那些弱小的國家更重要，更有價值的成果——假設，這只是假設，他會找到冥土之谷——」

「冥土之谷！」

橙子嗤之以鼻，心想那也太荒謬了。

所謂的冥土之谷，據說是位於大陸上某一處的超一流暗殺者培育機構。

據傳那座山谷中收羅了各種暗殺的技巧，以及整片大陸各處的極密情報。

傳說一旦進入那座山谷，沒成為超一流的高手就絕對無法離開。

而且能活著離開的機率不到千分之一——

事實上，根據王室情報部隊所下的結論，冥土之谷很有可能只不過是一個傳說，根本就不存在。

「不不不，公爵你也真是的，就算鈴葉兄再厲害，那也絕對不可能吧！你在說什麼傻話呀！」

遭到駁斥的公爵臉色微微泛紅。

「唔，嗯……我也認為我不小心說出了類似妄想的話。」

「就是說啊！因為即使是鈴葉兄，遇上做不到的事情就是做不到！」

——不知如今的鈴葉兄正在前往何方的兩人。

這麼說完便大笑出聲。

4

我的領地羅安格林邊境伯爵領已經夠偏遠了，但奏說的女僕之谷的所在之處更加荒涼。

畢竟在方圓數百公里之內沒有人類聚落存在。

「為什麼要在這麼偏僻的地方培養女僕呢……？」

「女僕是影子。無人知曉，也不能被人知曉。女僕的故鄉就是如此。」

「可是我記得之前問妳的時候，妳不是回答得很乾脆嗎……？」

「因為主人是主人，所以沒問題。」

參與這趟旅程的成員除了我以外，還有鈴葉、楪小姐、奏與嗚妞子，共五人。

鈴葉和楪小姐是沒有問題，但是照理來說，帶上女僕的奏和幼女嗚妞子有點勉強。

不過目的地只不過是培養女僕的機構，應該沒問題吧。

我們一開始沿著主幹道旅行，但很快就離開了幹道，穿過森林，越過高山，走最短的路徑前進。

話雖如此，其實這段旅程有一半像是去野餐的感覺。

「——哥哥，我們今天要用什麼來較量呢？」

「嗯～～」

我們在旅程中為了消磨時間，每天都會進行一次「較量」。

由我決定每天較量的主題，勝利的人可以隨心所欲地提出一個願望，結果——

鈴葉贏的時候，要求我在晚餐後幫她來一場頂級豪華版的特別按摩。

樑小姐贏的時候，要求我隔天讓她坐在肩膀上一整天。

奏贏的時候，要求我陪她玩殘酷領主欺壓女僕的遊戲（未遂）。

贏的人明明可以向任何人提出要求，為什麼她們都只要求我呢？

「那我們今天就來比狩獵怎麼樣？」

「狩獵嗎？」

「找到可以拿來烹煮的獵物後，來比誰能逮到那隻獵物的意思嗎？」

「好啊，哥哥。我已經迫不及待了。」

「呵呵呵，看來展現我不僅擅長劍術，連弓箭也很拿手的時候到了呢！」

「……不能輸的戰鬥。像蝴蝶一樣飄舞，像蜜蜂一般刺擊，這就是女僕的真隨。」

「嗚妞——！」

之後我們爬上險峻的山峰，找到感覺不錯的獵物時已經過中午了。

「那隻怎麼樣？」

「那是……龍嗎？」

「不，鈴葉，那是飛龍。」

飛龍這種生物就像是龍的小型劣化版，比想像中還難獵捕。

那頭飛龍正在遙遠的高空從容地飛行。

或許牠正要去襲擊某個人類的聚落。

「真幸運，飛龍肉很好吃呢。」

「對啊，好期待哥哥的料理。」

「慢著，妳們兩個。如果沒有優秀的騎士團，飛龍甚至能毀滅一個小國家喔……算了，當我沒說。」

包含不知為何無法理解的楪小姐在內，所有人各自開始準備發動遠程攻擊。

「嗯……唷咻！」

鈴葉發出可愛的吆喝聲，將一顆就在附近，估計有五噸重的巨石高舉過頭，準備投擲。

「贏的人會是我。鈴葉太天真了，妳得選擇形狀能飛更遠的石頭啊。」

楪小姐從地面拔起一棵二十公尺高的大樹，擺出投擲標槍的姿勢。

「嗚妞——！」

……奏抓起待在自己頭上的嗚妞子瞄準飛龍，當然被我阻止了。

「奏，不可以把嗚妞子扔出去。」

「嗚妞子很結實，扔多遠都沒關係。而且，女僕是會被拋進萬丈深谷中鍛鍊的。」

「就算她再結實也不可以啦！」

就在我斥責奏時，鈴葉丟出的巨石和楪小姐投擲的大樹……雖然有擊中飛龍，卻沒有擊

落牠。看來是攻擊的威力不夠。

那就沒辦法了。

「那接下來輪到我。」

如此說道的我從口袋裡拿出一枚硬幣，瞄準好後用手指彈出。

隨著「咚！」一聲宛如爆炸的聲音，硬幣以驚人的速度飛出去，過了一秒後貫穿了飛龍的頭蓋骨。

我這個哥哥為妹妹做出優秀的示範，有些得意地說：

「鈴葉，丟出的東西要選輕一點的，才能增加速度和威力喔。就像剛才那樣。」

「……不是，哥哥，別說什麼速度和威力了，飛龍的頭都被炸飛了耶……？」

「因為飛龍的弱點是頭部嘛。」

「不不不，這不是重點吧！為什麼你光是用手指彈出一枚硬幣就能秒殺飛龍！」

「這是有技巧的。」

這種小技巧就連我也能做到了，我想身為著名頂尖女騎士的楪小姐只需要練習一下，應該馬上就能辦到。

楪小姐聽了我的這番話後，不知為何感覺非常疲憊地低語。

「……呼。我還以為自己已經習慣你那種毫無自覺的無雙言行了，看來我還有很長的路要走……」

她是什麼意思？真搞不懂。

＊

享用完美味的飛龍肉後，接下來就是睡前的休息時間。

「對了，哥哥，你打算怎麼用勝利者的願望？」

「呃……？」

這麼一說，我什麼想法也沒有呢。

我忽然看去，在佯裝冷靜問我的鈴葉身後，楪小姐和奏她們面朝著別的方向，側耳傾聽著我們的對話。

她們是不是覺得我會提什麼過分的要求？這讓我有點難過。

「我想不到什麼想要求妳們的事，就當作我沒贏也——」

「不行，哥哥，不可以這樣。」

鈴葉迅速地將臉湊過來：

「勝利者不能不行使權力。所以呢，請你好好考慮一下，哥哥，應該想得出來才對。」

「這個嘛……？」

「真是受不了哥哥。我舉一些具體的例子給你聽，像是想要盡情摸摸總是很努力的可愛妹妹的頭，或是想知道最近胸部又變大的妹妹三圍——」

「妳——給我等一下！」

原先望向別處的樑小姐喊出暫停，同時以驚人的氣勢衝了過來。

「妳、妳太奸詐了吧！要這麼說的話，那我也想和鈴葉的兄長整晚激烈特訓，還想要每天喝鈴葉的兄長做的美味味噌湯，也想一輩子守護鈴葉的兄長的後背！」

「這些都是樑小姐的願望吧？駁回。」

「鈴葉還不是一樣，妳說的都是自己的心願不是嗎！」

面對吵吵鬧鬧的兩人，我無奈地聳了聳肩。

我撫摸著無視那兩個人，悄悄湊近我的女僕奏的腦袋⋯

「奏明明這麼文靜又端莊呢。」

「嗯，女僕就應該文靜，所以奏要求主人給予獎勵。」

「妳想要什麼獎勵？」

「——奏希望今後也能一直做主人的女僕。」

「既然這樣，那麼我這個勝利者的心願就當作是『希望一直當奏的主人』好了。」

「……嗯。」

奏輕點了點頭，靠在我的身上，不久後發出了細微的鼻息聲。

真希望鈴葉和楪小姐能向奏多學習一點。

5

越過好幾座山後，我們終於抵達了女僕之谷。

「呃……就是這裡嗎？」

「對。」

這裡看起來像是悄然座落在山谷之間的鄉村聚落。

完全不像是培育女僕的機構——

「繼續走吧。」

我們一進入聚落，好幾位女僕無聲無息地出現了。

她們無論是年齡還是裝扮都和奏沒有差別，不管從哪個角度看都是女僕。

此外，她們完美地消除了自己的腳步聲，可以看出她們作為女僕多麼老練。

即使是見慣優秀女僕的公爵千金楪小姐，也不禁睜大了雙眼。

「咦？……咦咦咦咦！」

「天啊，大家都很熟練呢。」

「不不不！安靜地走路是女僕的基礎，可是這裡可是碎石路喔！為什麼走在這種路上能無聲無息！」

「因為她們是女僕吧？」

「她們可是女僕！不是暗殺者！」

原來如此，也就是說楪小姐也認為這些女僕的水準很高啊。真不愧是培養出奏的地方。

儘管女僕們像在戒備我們，遠遠地望著我們，但是當奏從我身後悄然現身時，她們立刻齊齊行了屈膝禮。

「校長——！」

「嗯……辛苦妳們來迎接了，各位。」

「咦咦！奏是這裡的校長嗎？」

「對。由歷代最優秀的女僕成為校長，是女僕之谷的規定，所以奏是校長。」

「原來是這樣。奏真是厲害呢。」

「……這不算什麼……呵呵……」

奏試圖隱藏自己得意的表情，但她藏不住自己勾起的笑容和揚起的鼻子。

「嗚妞——！」

坐在奏頭上的嗚妞子看到奏這麼偉大，似乎也雙眼放光。我非常理解她的感受。我身為奏的主人也相當自豪。

走進聚落後，我注意到到處都布置了陷阱。

例如看似平凡無奇的地方設有坑洞陷阱。

或是會從樹上掉下牢籠的陷阱。

雖然不太清楚這是怎麼回事，但這些一定都是培育女僕時需要的東西吧。大概。

「嗯——……」

「怎麼了，鈴葉？」

「就是，這裡的氣氛更像是盜賊的巢穴，不是培育女僕的機構耶。這種感覺很難以形容……」

「是啊，我明白鈴葉想說什麼。」

「楪小姐？」

「就我來說，她們感覺很像忍者。就是存在於遙遠東方島國的傳說——」

「是喔，原來還有那種傳說啊。」

也就是說，由楪小姐來看，女僕之谷是也融合了東方文化的新型女僕培育機構嘍？

真是了不起，令人佩服。

*

我們被帶至聚落中特別大間的房子，大家一起休息時。

奏扯了扯我的衣角。

我問她有什麼事。

「——咦？想要我幫忙訓練女僕？」

「對。」

將奏接下來的說明統整起來就是——

女僕這種職業，本來就該聽從主人的命令。

可是在女僕之谷中，雖然有人負責扮演主人，卻沒有真正的主人。

所以她希望我來扮演主人的角色——似乎就是這麼回事。

我當然沒有反對的理由。

「畢竟我們本來就是為了收集山銅和徬徨白髮吸血鬼的情報，才會來女僕之谷嘛。雖然不曉得這樣能不能有所回報，但幫忙訓練這點小事就儘管找我吧。」

「……能聽到主人這麼說真是太好了。」

「咦？不過，既然奏是女僕之谷的校長，那麼我們就算不來這裡，只要請奏詢問就好了吧……？」

「……沒、沒那回事……」

那為什麼奏不敢直視我的眼睛回答呢？

算了，是沒關係啦。

原本就是我們有所請求，卻連打聲招呼都沒有就跑來，女僕之谷的人心裡應該不太舒服。而且……

「奏，妳是想讓我看看女僕之谷對不對？」

「……對。還有另一個理由。」

「嗯？」

「——奏想讓這裡的大家見見『真正的主人』。」

她這句話是什麼意思？我聽不太懂。

不過奏的眼神非常認真。

「——所以，奏希望你能痛打女僕之谷的每一個人。」

「什麼意思啊！」

之後奏帶我去的地方，是女僕之谷中最深處的地點。

不下數百人的女僕正在那裡全神貫注地進行訓練。

具體來說，她們正在進行用刀子刺穿物體的訓練。

這一幕完完全全就是恐怖故事會出現的場景。

「那個……她們是在……？」

「訓練。」

「她們為什麼要揮舞刀子啊！」

「用刀是女僕工作的基礎功。只要能熟練地使用刀子，就能料理好任何事，所以這點非常重要。」

「是、是這樣嗎……？」

聽她這麼解釋後，好像真的……是這麼回事……？

算了，先不想這個了。

「欸，奏。」

「什麼？」

「我有種不好的預感。」

「什麼預感？」

「我想想喔。具體來說，大概就是我會被一群女僕襲擊，被她們拿刀子從四面八方一陣猛刺。」

雖然這番話是我自己說出口的，但我想不可能發生。

因為那樣的話，顯然就像是獵奇殺人事件。

就算是百般虐待僕人的無良領主，也很少有人會面臨這種下場。

然而，奏直勾勾地看著我。

「真不愧是奏的主人。」

「咦？什麼？」

「猜對嘍。」

——等我注意到的時候，女僕們不知何時已經停下了揮舞刀子的動作。

並且以宛如野獸的銳利眼神望向我——！

6（楪的視點）

即使是身經百戰的女騎士楪，見到眼前上演的情景後也只能啞口無言。

她能理解鈴葉的兄長完全接下了來自四面八方的攻擊。

也能理解鈴葉的兄長輾壓式地接連打飛襲擊者，屍體（？）堆積如山。

可是——那些人為什麼都穿著女僕裝？

「欸……她們真的是女僕嗎？」

聽到楪脫口而出的疑問，在一旁望著戰況的鈴葉回答道：

「她們都穿著女僕裝，就是女僕沒錯吧？」

「不是……與其說她們是女僕，妳不覺得她們感覺更像是暗殺者或是忍者之類的嗎……？」

「楪小姐不知道嗎？暗殺者是不會穿女僕裝的喔。」

楪當然也明白這一點。

「可是她們不論是使用刀子的動作還是身法，都不像是女僕吧……？」

「聽說女僕當中也有像是護衛女僕的類型喔。」

「不，即使如此還是……」

「而且不管怎麼說，她們都遠遠比不上哥哥。」

樑心想，確實如她所說。

就樑的觀察看來，這裡的女僕戰鬥力高得嚇人。

她們的戰鬥力之高，甚至能正面一對一，勉強戰勝一名新手騎士。

當然，女僕強到這種地步就很了不起了。

但是只要好好觀察就能明白，這些女僕很擅長聯手作戰。

而且更驚人的是她們很擅長消除自身的氣息，非常擅於利用對手的死角。

更能看出她們的每一次攻擊都精準地瞄準要害，出手攻擊的準確度也很高。

「這些女僕是那種只要人數變多，危險程度就會急劇增長的類型呢……」

「是的。她們本來就擅於用迅速的動作擾亂對手，當敵人集中精神，試圖打倒面前的女僕時，別的女僕就會趁隙從背後捅上一刀。」

「……如果是護衛女僕，不是應該注重防禦力嗎？可是不管怎麼看，這裡的女僕都把所有的心力放在攻擊力上了耶。」

「有句話是攻擊就是最好的防禦，這樣不就好了嗎？」

「是嗎……？」

儘管樑有些無法釋懷，但她依然看出了一點。

「不管怎麼樣，這裡的女僕太強了。要是讓她們以十對十戰鬥，說不定還有機會戰勝王都的近衛師團。」

「如果沒有規則限制，她們肯定會贏吧。」

「……不過，果然還是對付不了鈴葉的兄長呢。」

「因為哥哥能夠接下來自全方位的攻擊嘛。」

鈴葉看著自己的兄長防禦著來自背後和頭頂的各種攻擊，同時喃喃說道：

「也就是說，哥哥不需要任何人在他的背後保護他——」

「才才、才沒有那回事！」

聽聞自己的定位可能會遭到否定的評斷，櫟猛然慌亂起來。

「哎呀，這種事情根本不重要啦。」

「非常重要好嗎！」

「為什麼那些女僕要一直和哥哥訓練呢？」

「他、他的背後就由我來守護——妳說什麼？」

聽鈴葉這麼一說，櫟這才意識到以女僕的戰鬥訓練來說，的確花太多時間了。

畢竟他們已經訓練了好幾個小時。

「嗯。如果是女僕的戰鬥訓練，沒有必要持續那麼長一段時間……」

「……有點不妙呢。」

「是嗎？我想鈴葉的兄長肯定有控制好下手的力道，應該沒什麼問題吧？」

「櫟小姐，請妳好好想想。這裡的女僕有這麼厲害的身手，她們肯定對自己的戰鬥力充滿了自信。」

「或許是吧。」

「要是哥哥讓她們『澈底明白』的話——」

「啊！」

「妳不覺得哥哥現在正在做的事，在某種意義上和教育女僕一樣嗎？也就是說，他就像在用他炙熱的拳頭，在女僕的靈魂刻下自己是她們主人的事實……」

「這、這怎麼可能……哈哈哈……」

「櫟小姐，妳的聲音在發抖喔。」

這種情況過於似曾相識了。

根本不需要提出亞馬遜一族族長的前例。

櫟也不得不察覺到，她本人也是被鈴葉兄長的強悍所吸引。

對此只能發出乾澀的苦笑——

7

雖然到女僕之谷的第一天，就被迫和女僕們進行了一場似乎永無休止的訓練，但之後滯留在這裡的日子過得無比舒適。

畢竟居住在這裡的女僕人數眾多，奏去拜訪了每一位女僕，向她們探聽情報，似乎也進行了久違的問候。

所以需要花一些時間才能結束。

在這段期間裡，我們滯留在女僕之谷，過著時而為女僕提供助力的日子——

「哥哥，為什麼會有女僕在你的左右兩邊伺候你！而且還讓奏坐在你的腿上！那個位置應該是我的才對！」

「哎呀，鈴葉已經不是小孩子了，而且我的腿也不是妳的位置吧……？」

「別在意這點小事！」

我幫忙訓練女僕時，鈴葉有很高的機率會氣鼓鼓地提出反對意見。

「我也沒辦法啊，鈴葉。據說這是重要訓練的一環。」

「……這是什麼訓練？」

「為了和領主的孩子打成一片，女僕一整天親親密密的訓練。」

「哪有這種訓練啦！」

不，我也覺得很奇怪。不過呢。

「我也問過奏是不是真的有這種訓練了。」

「既然這樣——」

「然後她回答說『奏只能說有』，所以我就認為是真的了。」

「哥哥被騙了吧！」

真沒禮貌，我明明只是信任我的女僕而已。

而且就算我錯了，也不會有實質上的損害啊。

「欸，鈴葉，女僕之谷的大家在各方面都很照顧我們，所以我們也該回報這份恩情，不是嗎？」

「——嗯，關於這方面，鈴葉的兄長說得對。」

「樸小姐。訓練結束了嗎？」

「是啊。」

樸小姐主要是幫女僕進行戰鬥訓練。

順帶一提，鈴葉沒有幫到什麼忙。

「不過這裡的女僕們戰鬥力真驚人。雖然攻擊力強化過頭了，很難改善……但話說回來，我好像沒見過她們進行其他訓練？」

「還是有的。例如調製毒——調製藥物之類的。」

「哦？」

「還有用毒——用針的訓練。」

「原來是這樣。其實我有點不擅長縫紉，曾經在戰場上弄破衣服，因而大感困擾。所以能讓我也參加用針的訓練嗎？」

「很危險，所以不行。」

「我可沒有笨拙到會弄傷自己啊！」

雖然不可能使用毒針，奏的態度也太誇張了，但這樣的楪小姐畢竟是公爵千金。

我能夠理解不希望她意外受傷的想法。

＊

奏花了不少時間才大概探聽完情報。

在這段期間裡，我陪女僕們進行訓練，讓女僕坐在我的腿上，和女僕一起睡午覺，讓女

僕餵我吃東西，拉扯女僕的腰帶讓她們團團轉，口中說著「有什麼關係，有什麼關係」，女僕則回以「哎～～呀～～」之類的，除此之外也做了很多事。

至於最後的結論。

「……沒能收集到情報，非常抱歉。」

「沒關係啦。」

奏沮喪地低下頭。

看來奏是因為最終沒能獲得關於山銅和徬徨白髮吸血鬼的有用情報，認為責任在自己的身上。

不過那原本就是難以達成的任務。

「奏已經很努力了。謝謝妳。」

「嗯……」

我摸了摸奏的腦袋後，她似乎重新振作了起來，並望著我。

「那麼主人，你覺得怎麼樣？」

「什麼怎麼樣？」

「女僕之谷裡的女僕。大家也都認可主人有資格擔任她們的主人了，所以你可以帶走喜歡的女僕。大家都會很高興。」

「咦咦……？」

聽她這麼說，我開始思索。

確實，如此寬闊的羅安格林城裡，女僕僅有奏一個人的話，應該非常辛苦。奏是個萬能女僕，所以我很容易忘記這一點。

所以既然有這個機會能僱用新的女僕，也是個好主意。

如果是僱用這裡的女僕，她們也都十分了解彼此。

「奏希望我找多少人？」

「如果主人不想要，那就沒必要。反正還在女僕之谷裡的女僕都是半吊子。」

「這樣啊，妳確實說過這裡是培育機構呢。」

話雖如此，就這樣跟她們道別也有點寂寞。

畢竟我們難得建立起了情誼。

而且我們家的女僕奏似乎也是這裡的校長。

——想到這裡，我有了個好主意。

「那由我來當理事長怎麼樣？」

「理事長……？」

「對，由我負責支援女僕，提供教育大家所需的資金。妳覺得怎麼樣？」

這麼一來，我多少能提供一些援助，也能繼續維持與眾女僕之間的情誼。

此外我現在是邊境伯爵，在金錢方面相當充裕。

投資培育女僕的機構應該不會遭天譴吧。

奏聽我說完提議後，神色立刻明亮起來。

「……很好！理事長，非常好……！」

「奏也這麼認為嗎？」

「主人比奏還了不起，理事長也比校長還了不起，所以很適合。」

「不過，我不打算干涉妳們就是了。」

「大家都希望成為主人的女僕，所以她們會很高興。」

「這樣啊。」

要是以後奏說女僕的人手不夠，就請一些人到領地去工作吧。奏肯定也會很開心。

「這樣的話，女僕之谷的女僕都等同於主人的女僕了。」

「從金錢方面來看就是這樣吧？」

「所以主人，請你嚴厲地對大家下達命令。如果得不到主人的命令，大家都會很難過的。那樣對女僕來說是恥辱。」

「嗯……」

話雖如此，如果只帶幾個人回羅安格林城，她們就沒辦法和大家一起進行女僕訓練了。

「那我可以拜託大家繼續收集情報嗎？」

「完全沒問題。」

「不用勉強沒關係，只要在能力許可的範圍內，幫忙調查山銅和徬徨白髮吸血鬼的情報就好了。對了。」

我從口袋中拿出橙子小姐交給我的備忘錄。

「這是橙子小姐列的清單。她說這些地點附近可能會有情報。」

「——明白了。我們賭上女僕之谷的名字，肯定會徹底調查清楚。」

「我很期待妳們的成果。」

她們應該不會去當地進行調查，但女僕似乎有相當廣泛的人脈，說不定有熟識的人在當地工作。

「那就麻煩妳們了。」

「熱血沸騰。」

就這樣，當時的我無從得知。

我隨口請她們幫忙的這句話，竟然會成為三個小國自大陸地圖上消失的契機——

8（橙子的視點）

深夜的櫻木公爵宅邸。

這天橙子女王與櫻木公爵的密談，帶著比平時更嚴肅的氣氛。

「——是嗎？所以公爵這邊也是一樣的情況？」

「嗯。根據我家族的情報部門推測，地下社會可能發生了某種重大動盪，不過大家都無法確定發生了什麼事。」

「王室的情報網也一樣。肯定發生了什麼事，卻完全無法查到實際的狀況。」

就在最近，王室和公爵家的情報部門幾乎同時察覺到異常。

那是一般人親眼目睹，也絕對不會察覺的微小異狀。

表面上看似平靜無波，但如果是長年觀察著這一切的人，就能注意到如今和平時之間的些微差異——就是這種異常。

收到這些報告的王室與公爵家，可說是擁有相當優秀的情報部門。大部分的貴族應該都還沒有察覺到地下社會的奇妙異狀。

「——這只是我的一個推測，我們情報部門的負責人說，可能是某個地下組織的首領換人了。有可能是類似賀禮的物品在大量流動，像是極其珍貴的寶物，或是價值連城的寶石之類的。」

「公爵家的人也指出了這種可能性啊。不過，王室這邊完全找不到符合這種情況的地下組織。」

「果然如此？我們這邊也是這麼說的。」

王室和公爵家的情報部門所估計的流動資產總額之高，足以輕易買下一兩個小國。若除去羅安格林邊境伯爵領，甚至也能勉強買下身為大國的多洛賽魯麥爾王國。

金額高到這種程度，首先可以排除這是某種交易。這麼高的金額能交易什麼呢？

接下來想到的是賀禮。

這個猜測感覺可能性最高。因為他們確認過，那些流動的物品都是典型的慶祝用品，以及相當罕見的寶石和魔法道具，非常適合作為慶祝活動時的獻禮。

不過，這條思路果然還是不可能。

原因非常簡單。

「畢竟這筆金額可是天文數字。即使是某個大國的地下組織首領改朝換代，也不可能因為這種原因弄來那麼多錢。」

「確實——不過要是真的存在……」

「要是真的存在？」

「那個組織將會是統治全大陸的地下社會，對其擁有絕對掌控權的組織吧。」

「啊——我這邊的人也這麼說過。但是那可能嗎？」

「是啊——除非是『冥土之谷』，否則不可能。」

「那就是不可能了嘛。」

冥土之谷據說存在於大陸上的某處，在地下社會是流傳許久的傳說場所。

據傳這片大陸的超一流暗殺者，都出自於冥土之谷。

而關於冥土之谷，還有另一則異聞。

——那些居住在冥土之谷，渾身是血的暗殺者。

一直都在等待一個有資格掌控他們的主人——

「照我聽到的消息，冥土之谷沒有首領喔。」

「冥土之谷的傳說似乎也有很多不同的版本。總之，那些人是超一流的暗殺者集團，怎麼可能有人能夠讓他們服從。」

……好像——有某個符合這個條件的人被自己忘了……

儘管橙子心生如鯁在喉的感覺，但很快就想起了冥土之谷本來就是傳說中的存在。

將心思放在不存在的事物上也沒有意義，於是她停止了思考。

*

當天夜裡，最終得出的結論是完全不清楚發生了什麼事。

橙子似乎想起了什麼，對公爵拋出其他話題。

「對了，還有一則比那個異狀更不起眼的情報，據說人們的動向也有點奇怪。」

「什麼？……這則情報連我家的情報部門也沒聽說呢。」

「沒事，我們這邊也判斷不是什麼大事。」

橙子用手指在公爵家書齋牆上掛著的地圖上，咚、咚、咚地指出三個地點。

「前往這三個國家的旅客好像增加了不少。」

「這……這三個都是和我國沒有邦交的小國嗎？」

「對。這則情報比不上剛才提到的龐大物資移動的消息，也許是旅客恰好在這個時間點變多了。」

「那就不需要在意這則情報吧？」
「嗯，照理來說是這樣沒錯。」
要推測旅客的人數出乎意料得困難。
若是情報匱乏的小國，或是沒有邦交的國家更是如此。
例如該國舉辦了數十年才舉行一次的特有節慶。
或是掌權者睽違數十年進行更替。
即使發生了這些事，若是事前沒有收集到情報就根本無從知曉。
「不過啊——只有一件事讓我很在意。」
「什麼事？」
「這三個國家，都是我之前建議鈴葉兄去收集情報的地方。」
「……您說什麼……？」
公爵的臉頰抽動了一下。
「我確認一下，那個男人有進入那三個國家嗎？」
「我不知道。目前完全沒有鈴葉兄的消息，我也沒有聽說他去了哪裡。不過只要問一下邊境伯爵領，應該就能得知了。」
「算了，不必擔心那個男人，他肯定很平安。」

公爵說完後搖了搖頭，橙子也輕嘆了口氣。

「不過考慮到去那裡的人是鈴葉兄，真不曉得他會做出什麼事來——」

「哼。把那個男人推到檯面上的人是妳，妳得負全責。」

「咦咦！公爵也是共犯吧！」

「我是有意讓他成為家族的一員，將他放出去的人是妳。」

「你怎麼可以這麼說，鈴葉兄又不是什麼猛獸。」

「是嗎？我可不曾見過比那個男人還要凶猛的猛獸。」

「我也是啊——！」

暫且不管這兩人。

總之，要是這起事件和鈴葉的兄長有關，那麼想必不會演變成什麼壞事，他們最終以如此樂觀的推測結束了這天的密談。

在短短數天後。

多洛賽魯麥爾王國收到了來自三個小國的請求歸附書信。

橙子女王和櫻木公爵大喊起某位邊境伯爵的名字。

2章 於櫻木公爵領

1

前往女僕之谷收集情報是白忙了一場。

話雖如此，女僕們承諾未來一有任何情報便會隨時通知我們，所以從這個角度來看，收穫了很多，因為女僕對外的人脈相當緊密。

因此，我們開始討論起接下來要去什麼地方。

「欸，你要不要來我老家看看？」

「咦？妳的意思是——」

「沒、沒有！我絕對沒有什麼不正當的想法！」

「——楪小姐，妳為什麼那麼慌張？看起來好可疑。」

根據楪小姐接下來的解釋。

原來楪小姐在我們發現山銅和嗚妞子時，就已經指示櫻木公爵本家進行調查了。

「真不愧是樸小姐！妳幫了我們很大的忙！」

「對吧，對吧。雖然自己說這種話很奇怪，但我是個相當可靠的夥伴喔。不過，我們有個問題。」

「什麼問題？」

「就是距離。情報要從位於領地的本家，送至父親大人所在的王都，再轉送到羅安格林邊境伯爵領的話，需要耗費很多時間。」

「也就是說，可能有尚未送達的最新情報，因此我們應該親自前往櫻木公爵的本家，是嗎？」

「就是這樣。你理解得真快，省得我花時間解釋。」

「嗯～～從女僕之谷到那邊的距離確實很近啦……」

就在鈴葉雙手抱胸思考時，奏無聲無息地靠近她，在她耳邊悄聲說道：

「……女僕小知識。櫻木公爵領有很出名的溫泉。」

「唔！」

「一整年都會穿泳裝混浴。」

「混混混混浴！」

「是能讓皮膚變得滑嫩有光澤的美人溫泉，飯菜也很好吃。」

「哥哥！我們接下來一定要去櫻木公爵的領地才行！」

……這個嘛，我沒有意見，所以是沒關係啦。

不過我有點擔心太好騙的妹妹未來。

＊

我們做好啟程的準備，打算明天出發的時候，見到了一張熟悉的面孔。

「店員先生？」

「哦？真是稀奇呢……」

以一身旅行商人的裝扮出現在女僕之谷的人，是我曾見過幾次面的店員先生。

我第一次見到這位中年紳士時，他在王都的飾品店擔任店員，因此稱他為店員先生。

現在的他是在羅安格林邊境伯爵領經商，對雙馬尾有狂熱喜好的商人。

「能在這裡見到你真巧。」

「確實很巧。我聽說這裡有些奇怪的動向，所以親自出差來這裡看看……原來如此，我明白是怎麼回事了。」

「那真是太好了？」

看來他不只是來經商的。

雖然我不懂他說的奇怪動向是什麼，但應該是和生意有關的事，就算我開口問了，他也不會回答吧。

站在這裡聊天也不太好，於是我帶他來到我們留宿的地方。

「店員先生經常來女僕之谷嗎？」

「這幾十年都沒有來過，不過我年輕時經常來這座山谷——還讓谷裡的女僕們全紮起雙馬尾，這大概就是所謂的年輕氣盛吧。」

「是、是這樣啊……」

難道是因為來到太遠的地方做生意，累積了不少壓力嗎？

當我為這忽然窺見的現代黑暗面渾身發抖時，女僕奏悄聲無息地端上茶。

「唔喔喔喔喔喔喔！」

「這是一點粗茶。」

「……妳、妳這食人虎……妳的行為還是一樣，對老人的心臟很不好……！」

「奏很擅長消除氣息。」

「那可不能當作妳這麼做的理由……！」

店員先生和以前一樣，見到奏就像是看到死神或是傳說中的暗殺者一樣驚訝到腿軟。

不過我想，他驚訝的原因大概是因為奏的雙馬尾吧。

我一直都這麼認為，這位店員先生實在太喜歡雙馬尾了。

店員先生喝了口茶，找回了冷靜。

「——好啦，可以請你詳細說明嗎？」

「說明什麼？」

「那還用說，當然是邊境伯爵閣下在女僕之谷做了什麼。」

「哎呀，沒有做什麼啦。」

簡單寒暄過後，我們繼續聊下去。

聊了我會來到女僕之谷，是為了尋求山銅和徬徨白髮吸血鬼的情報，最終卻毫無成果。

還聊了我們滯留在谷裡時，幫助女僕們進行訓練。

「……大概就是這樣。」

「唔嗯……居然能籠絡女僕的心，真不愧是邊境伯爵閣下呢……不過只有這樣的話，似乎還有些不對勁……還有其他的嗎？」

「沒有別的了。」

聽到我這麼說後，店員先生不知為何用懷疑的眼神望著我。真是沒禮貌。

我和店員先生不一樣，才不會做出想讓谷中的所有女僕都綁成雙馬尾的奇葩行徑。

「什麼都好，可以請你儘量告訴我你想到的一切嗎？或許有某些線索藏在其中。」

「也沒什麼特別的了……只剩下我成為女僕之谷的理事長這件事了吧……」

「就是這個啊！」

他的疑惑似乎迅速解決了。

「不、不過，情況怎麼會變成那樣……？」

「照我家女僕奏的說法，好像是因為谷中的女僕都認可我當她們的主人。我心想既然大家都說到這種地步了，而且我也透過奏和她們有了一段緣分，就乾脆成為理事長，提供一些援助。」

「原來是這樣……所以你，現在是女僕之谷的，理事長……！」

「不太適合我對吧。我現在明明看起來還是個平民，卻多了個理事長這種像貴族一樣的頭銜。」

「沒那回事！全世界最適合女僕之谷理事長這個位置的人，就是邊境伯爵閣下——不，應該說除了邊境伯爵閣下之外，絕對沒有合適的人選——！」

「啊哈哈。能聽到你這麼說，真令人開心。」

哎，店員先生太會說話了，完全是商人的典範。

而且這位店員先生的高明之處，就在於他絕妙的措辭。

他那番話明顯是在奉承我，卻用相當嚴肅的方式表達出來。

就像剛才聊到我成為理事長的事，他也以極為嚴肅的神情抬舉我，還把這件事說得像足以震撼全大陸的大事件一樣。

如果我們現在是在飾品店裡，感覺我可能會不由自主地多買不必要的東西。

2

翌日，我們與店員先生道別，從女僕之谷出發。

穿越山谷，越過兩座山，朝櫻木公爵家的領地前進。

我們的這段旅程非常順利。

話雖如此，也不能說完全沒發生問題……

離開女僕之谷幾天後，我注意到奏的狀態有些不尋常。

好像自從離開女僕之谷後，她的心情一直很好。

「嗯……？」

心情好並不是件壞事，就在我猶豫是否要置之不理時，鈴葉和櫟小姐走近我的身邊。

「你怎麼了，哥哥？」

「要是有什麼煩惱，即使是小事也可以找我商量喔。畢竟我、我是你的夥伴嘛！」

「沒什麼，只是件小事啦。」

由於沒什麼好隱瞞的，我便開口和她們商量。

「我有點在意奏的狀態，她自從離開女僕之谷就一直很高興。」

「離開女僕之谷後……？不過哥哥，這不是理所當然的嗎？」

「為什麼？」

「畢竟女僕之谷的女僕都以侍奉訓練的名義，過於接近哥哥了，所以即使奏在女僕之谷時，表面上一直忍耐著，但實際上心底一定也憤慨到了極點！」

「那是鈴葉自己的感受吧……？」

「我也明白鈴葉想表達的意思。我也一樣，沒時間和自己的夥伴一起鍛鍊，沒時間進行保護夥伴背後的訓練，沒時間辛苦訓練一整天後，聽夥伴說聲辛苦了，再靠夥伴親手做的料理和按摩享受療癒的時光，這讓我有一點點想哭。話雖這麼說，只要把這段時間當作是在模擬夫妻生活中養育十個孩子的日子，我就會自然地流露出笑容。」

「這是在模擬什麼啊……？」

檪小姐真是的，她將來想和哪位性能力強悍的人結婚啊？真是一團謎。

不過，她們解開了一個疑問。

「原來如此。鈴葉和檪小姐離開女僕之谷後，心情變好是因為這樣。」

我不是不能理解她們為什麼會有這種感受。

她們兩個人畢竟是女騎士，周圍都是女僕的環境可能會讓她們感到拘束吧。不過——

「可是奏說過她是在女僕之谷出生的……」

「在離開故鄉後，確實應該感到寂寞。」

「這次是和你在一起，不會因為見不到主人而感到寂寞吧。真是搞不懂。」

因此我決定直接去問奏。結果她回答道：

「奏做了一筆好交易。」

「交易？妳和誰交易？」

「行商的老頭。」

原來如此。看來那位店員先生不知何時和奏完成了一筆買賣。

「妳買了什麼？如果是和女僕的工作有關，由我來付錢吧。」

「奏特別讓主人瞧瞧。」

奏邊說邊將手伸進胸前的雙峰縫隙。

「為什麼奏要把所有東西都放在那種地方啦！」

「女僕有很多藏東西的地方，這裡是其中之一……嘿咻！」

奏拿出來的是一個漂亮的小瓶子，我能看見裡頭裝著某種液體。

「那是什麼？看起來像是某種藥。」

「催情藥。」

「——催情藥！」

我不禁大喊出聲，鈴葉和楪小姐也齊聲驚呼。看來她們兩個都聽到了。

楪小姐慌張地說：

「那、那那那是所謂的那種藥對吧！讓使用對象迷上自己的那個！」

「完全正確。」

「妳是怎麼拿到那麼珍貴的東西……！即使是我，動用公爵家的門路也完全沒辦法弄到手耶……！」

「為什麼楪小姐會想要催情藥？」

一旁的鈴葉臉色凝重地嘀咕：

「……只、只要有了那種藥……！可是，我實在沒辦法奪走哥哥的自由意志……不，到時候就當作是不幸的意外……！」

「鈴葉，妳到底想對我做什麼啊！」

「嗚妞——！」

「哇！嗚妞子，不能隨便打開那個小瓶子！」

「太危險了，那個小瓶子暫時交由我保管吧！」

「感覺讓楪小姐拿著會用來做壞事，很危險！我來保管！」

「鈴葉有什麼資格說我！」

「……這是奏的催情藥，不能給妳們……！」

她們就這樣吵吵嚷嚷的。

除了我之外，所有人開始了一場催情藥爭奪戰。

*

圍繞著催情藥的紛爭，直到傍晚都還沒有結束。

獨自被排除在外的我，正在試喝晚餐的味噌湯。味道恰到好處。

「妳們幾個，差不多吃飯了喔。妳們也該——」

「主人，接住……！」

奏以不穩的姿勢朝我扔來的小瓶子大幅偏離軌道，不是飛向我——

「啊！」

我好不容易才接住，但是經歷過一番粗暴對待的小瓶子，瓶蓋終於脫落了。然後飛濺出來的內容物，灑到身在附近的鈴葉和樸小姐身上——！

「唔哇！」

小瓶子中的液體飛濺而出，我急忙跑向被淋了滿身的兩人。

「妳們兩個還好吧！身體有沒有什麼不舒服？」

「……沒有……？好像沒什麼特別的感覺？」

「……對。感覺就像是被普通的水潑到一樣。」

「真的嗎！」

儘管我再三確認，兩人都歪著頭，一臉不可思議。

「奏該不會被人欺騙，其實是買了普通的有色水吧？」

「不會的，這個催情藥絕對是真品。」

「那為什麼對我和鈴葉沒用？」

「答案很簡單。當人早就迷上對方時，催情藥不會有效果。這是常識。」

原來如此，是這麼一回事啊。

所以催情藥之所以對她們兩人都沒有用，是因為她們早就迷上我——

……咦……

所以這是什麼狀況……？

「——原來如此，我明白了。也就是說我和哥哥之間的兄妹之情無比深厚，所以像催情藥這種邪惡的藥物沒有用吧！」

「我、我也一樣！因為我和鈴葉的兄長是透過命運的紅線聯繫在一起，守護彼此背後的夥伴，所以催情藥沒有效也是理所當然的——！」

「櫟小姐，妳的臉紅透了喔。」

「少、少囉唆！鈴葉的臉還不是很紅！腳也慌亂地動來動去！」

——橙子小姐在很久之後聽說發生過這件事。

她感到有趣地笑著說「那是絕佳的時機，應該趁機表白才對啊，妳們兩個真傻，錯過這個機會了——！」之類的。

然後被櫟小姐反駁「妳沒資格說我！」——

3（綾野的視點）

坦白說，綾野原本以為會做得更辛苦。

現在一手將羅安格林邊境伯爵領所有行政工作承擔下來的，是櫻木公爵家派遣過來的官僚團隊。

綾野從一開始就預料到對方會派遣優秀的人才過來，否則就沒有意義了。

因為櫻木公爵的其中一個目的，是對羅安格林邊境伯爵施恩。

然而正因為如此，綾野預判自己應該會被排除在權力中心之外。

畢竟綾野明顯沒有任何靠山。

看在周圍的人眼裡，她應該只是個之前就在處理領地事務的人，雖然她實際上沒有做過挪用公款等劣行，但基本上就是會受人敵視。

綾野早有猜想，至少羅安格林邊境伯爵一離開城堡，她在最好的情況下會被排除權力中心之外，最壞的情況則是被安上莫須有的罪名。然而——

「綾野閣下，我們上週討論過的孤兒院的問題——」

「綾野閣下，關於使用魔法的特殊音波，增強溶解血栓效果的研究——」

「綾野閣下，該決定派往威恩塔斯公國的間諜人選——」

「綾野閣下，可以借用您一點時間嗎——」

「綾野閣下——！」

……綾野對這種情況感到困惑不已。

為什麼自己會被眾人當成羅安格林邊境伯爵領行政部門的領導者呢？

她不討厭工作，但預料之外的工作量之多，難免讓她感到疲憊。

正當綾野在深夜處理尚未完成的工作時，同樣是熬夜趕工常客的青年官僚端了一杯溫熱的綠茶來給她。

「請用，綾野閣下。」

「謝謝你。」

綾野自然認識這位笑著對她說「妳辛苦了」的青年官僚。

他統領櫻木公爵家派來的眾多官僚，在來到這裡之前，於本家擔任家宰的助手。

家宰是僕從的領頭上司，而擔任其助手，自然是櫻木公爵家未來的家宰候補人選。

也就是說，在如今威勢顯赫的櫻木公爵家中，他毫無疑問是年輕一輩的頂尖菁英。

櫻木公爵甚至將這種人物派到羅安格林邊境伯爵領，足以令人理解櫻木公爵的決心。

「辛苦了。你也很忙吧。」

「哪裡，和綾野閣下比起來根本不算什麼，畢竟綾野閣下的工作量等同於其他人的一百倍啊。」

「你說得太誇張了……現在這樣還算好了，只有我和邊境伯爵兩人一起處理這些工作時更加淒慘，幸好邊境伯爵意外優秀。」

「哦？我和他比起來，誰的工作效率更高呢？」

「你在行政工作上是專業的吧。要是邊境伯爵的效率比你高，那可是個大問題。」

綾野如今已經能與櫻木公爵家的官僚像這樣輕鬆開玩笑了，這對她來說很奇妙。也許是因為眼前的人很好聊吧。

對了，那他不會因為自己問一個問題而動怒吧——綾野突然如此心想。

「我可以問你一個問題嗎？」

「妳儘管問吧。」

「你們為什麼不把我排除在外呢？」

青年官僚聞言，露出不解的表情。

「綾野閣下希望自己被排除在外嗎？」

「我不是那個意思，不過照理來說都會那麼做。你應該能理解我想說什麼吧？」

「聽妳這麼一說，真讓人難以拒絕回應呢。那我就正經回答妳吧。」

青年官僚啜飲了一口綠茶。

「理由有兩個。首先，將一個能幹的人排除在外是很愚蠢的行為。」

「確實。不過遺憾的是，這種事很常見。」

「是啊，然後第二個理由是——因為綾野閣下是羅安格林邊境伯爵選擇的人。」

綾野睜大了雙眼。他剛才說什麼？

「……我不太明白你的意思。我想，你們應該能隨意捏造任何理由，說我是不配其位的人。」

「綾野閣下，恕我失禮，妳完全不懂。」

青年官僚誇張地搖頭否定。

「妳可能會認為，櫻木公爵家的目的是要實質掌控羅安格林邊境伯爵領，而妳會被視為眼中釘而遭到趕走——」

「不，通常都會這麼想吧？」

「綾野閣下，妳完全不懂邊境伯爵。」

「什麼……？」

「聽好了。當代的羅安格林邊境伯爵，是拚上性命，救出在政變時遭到囚禁的橙子女王的救國英雄。同時他也是唯一一個察覺到巨魔異常繁殖，與櫻木公爵家的千金小姐冒著生命危險將其殲滅，拯救了整片大陸的英雄。」

「…………」

「如果沒有羅安格林邊境伯爵，多洛賽魯麥爾王國毫無疑問早已在與威恩塔斯公國的戰爭中戰敗並瓦解，而且在數年以後，整片大陸的人類會遭到大樹海中的巨魔殺個精光。所以在各種意義上來說，邊境伯爵對我們而言是救命恩人。」

「確實如此……」

「而救命恩人所選擇的人是妳，光憑這一點，自然足以成為我們對妳獻上最大敬意的理由。若那位大人對此沒有任何意見，就更是如此了。」

「原來如此……？」

聽他這麼一說，綾野也覺得頗有道理。

只是，她已經習慣了邊境伯爵這個人。

即使他被稱為救國英雄，綾野還是對此毫無實感。

「也就是說，如果沒有邊境伯爵的光環，我早就被排除在外了。」

「至少妳會被懷疑是女王派系的間諜，再怎麼解釋也沒用。至於之後會如何，就如妳所想的那樣。」

「不過，我想他本人不會在意這種事。」

「哦？邊境伯爵是那種性格嗎？」

「是啊，他是會一臉認真地說『只要願意工作，哪怕是間諜也很歡迎』這種話的人。」
「哎呀，真是心胸寬大。可謂是男子漢中的男子漢。」
「……你、你說得對……？」
綾野心想，那個人與其說是武官，外表看起來更像文官。
「差不多該繼續工作了。」
「也是，我可不想連續四天都熬夜到天亮。」
在那之後經過數年，這位青年官僚會對某位公國的女大公一見鍾情並當場求婚，最終華麗地遭到拒絕。
但那又是另一段故事了。

4

穿過原野，越過山巒，我們終於來到了公爵的領地。
櫻木公爵領擁有土壤肥沃的櫻木大平原，其農作物的品質和收成量都是全國首屈一指，而且還有銀山與能捕獲鮪魚的漁港，完全是一塊有如開外掛的土地。和我手中的邊境領地完全不同。

這些是在市場買東西時，自然而然就會學到的知識。

因為所有看起來很好吃的食物，全都是櫻木公爵領生產的。

當我向對於這方面不太理解的鈴葉說起櫻木公爵領的驚人之處時，楪小姐不知為何冷眼盯著我。

「……這個嘛，你說得都對……可是被擁有世界上唯一一座山銅礦的你這樣盛讚，實在是……」

「嗯？可是山銅不能吃喔。」

「那還用說。而且提到食物，你的領地之前不是併吞了嘉蘭度領嗎？那裡的農作物和海產也很豐富。」

「啊——對耶……不過那塊領地原本是別的國家的，所以我打算將來找個機會還給威恩塔斯公國。」

「你居然在想這種事……不沾塵俗對個人而言是種美德，但對貴族來說是缺點喔，況且那是不可能的。」

「為什麼？」

「那些在你的統治下，體會到安寧，公正和安全的領民怎麼可能會同意，他們肯定會哭喊著求你繼續統治他們。」

「哈哈哈，別開玩笑了。」

「如果這是玩笑就好了……」

*

和楪小姐閒聊時，她不知為何，偶爾會以遠望一切的空洞眼神望著我，我們就這樣前往今晚要住的旅宿。

是的。越過山頭後，我們回到了幹道上，所以從現在開始到抵達櫻木公爵本家之前，都有旅館可以住了。自從離開女僕之谷後，我們就一直露宿野外，但那種日子終於要結束了，呀呼！

然後，在這一帶。

殺戮女戰神（Killing goddess），即為櫻木公爵家直系長女楪小姐，其威光展現出最強的威力。

比如我們進入旅館的時候。

「打擾了，我們今天想住宿。」

「好的，請稍——嗚、嗚哇啊啊啊啊啊！！（咚噹啷鏘！）」

「你、你還好吧！你從樓梯上摔下來了耶！」

「我、我我我我我沒事！我、我不重要，更重要的是您。您該不會是那位女戰神，櫻木領地一帶的守護神，活生生的武神，櫟大明神閣下吧——！」

「不要用太過誇大的名號來稱呼我！喂，你還是先關心一下自己，你真的沒事嗎？你的手肘都彎到不該彎的方向了耶！」

……一葉知秋，情況就是這樣。

無論是城門守衛，糰子店的老闆還是旅館的老闆，在看到櫟小姐的瞬間，全都表現出猶如女神降臨的反應。

多虧於此，當我們終於進入旅館的房間時，大家都筋疲力盡了。

「……各位，真抱歉，都是因為我。」

「不不不，櫟小姐一點錯都沒有。」

「哥哥說得對。話說回來櫟小姐，妳真的很有人望呢。」

「嗯，畢竟這座城鎮離國境很近。」

根據櫟小姐接下來所說的話。

這座城鎮現在很和平，但是以前就像羅安格林邊境伯爵領一樣，近似於與他國戰爭的最

前線。

椺小姐曾以女騎士的身分，在此處的最前線奮戰數年。

她以勇猛的活躍表現，一次又一次地從絕望的危機中拯救了這片土地。

所以椺小姐在這一帶成了宛如守護女神的存在——情況似乎是這麼一回事。

「不過嘛，我現在也能理解他們的想法了。」

椺小姐苦笑著繼續說道：

「在那場漫長的戰爭中，我救下了數百——或許是數千名我軍的士兵。加上我在戰鬥中擊潰敵軍時救下的士兵，受到我幫助的士兵人數可能隨便數數就超過數萬人吧。他們都非常感謝我。」

「如果算上士兵的家人，肯定能輕易超過十萬人。」

「是啊，不過當時的我認為身為隸屬同一支軍隊的戰友，這是理所當然的，所以覺得很奇怪，不曉得大家為什麼都那麼感謝我。」

椺小姐說到這裡，不知為何看向我。

「當我自己站在相同的立場一看，我終於明白了。」

「是嗎？」

「嗯。鈴葉的兄長也是，若是你在危急時刻獲救就能理解了。那是本能——會發現自己會下意識地關注救命恩人，一有閒暇的時間，就會滿腦子想著能怎麼報答對方，甚至會在意救命恩人喜歡什麼類型的異性——然後有一天，會意識到報恩只是名義上的藉口，心中萌生的是一種更平凡普遍的情感。」

「那是——」

「祕密。」

如此說道的楪小姐對我拋了個媚眼。

「因為我會一直守護你的背影，總有一天會在危急時刻拯救你的性命。到時候，你就會恍然大悟了。」

「…………」

「聽好嘍，你已經救過我很多很多次了，所以你要記得，我此生永遠都不可能忘記你救了我的性命……」

儘管到最後，楪小姐還是沒有告訴我那種情感是什麼。

但對我說著「你要記得」的楪小姐，露出了有如陽光的溫暖微笑。

所以我想，那一定是非常美妙的情感。

5

自從我們正式踏入櫻木公爵的領地。

每次行經某處城鎮，楪小姐就會受到宛如暴風雨的熱烈歡迎。

就在我們開始感到厭煩時，終於來到了櫻木公爵領的領都。

建在城市中心的巨大宮殿，正是櫻木公爵本家的宅邸。

楪小姐回來的消息似乎早已人盡皆知。

當我們抵達宅邸時，正門已經敞開，公爵家的家宰畢恭畢敬地行最高敬禮。

而且從門口延伸至宅邸深處的道路兩側各站著一列僕從，整齊地深深鞠躬行禮。

順帶一提，所謂的家宰是統御整座宅邸的執事和女僕的人，也就是僕役的最高領袖。這是楪小姐告訴我的。

「楪大小姐，歡迎回家。」

「喂，塞巴斯汀，在鈴葉的兄長面前別稱我為『大小姐』。」

「是我失禮了。尊貴的客人，也歡迎您的到來。」

如此招呼我們的家宰將一頭白髮都往後梳，蓄著小鬍子的外貌非常符合他，完全就是瀟灑的白髮紳士。

這就是擁有悠久歷史的公爵家家宰……我心生敬佩。

毫無疑問，他比普通的貴族還有威勢。絕對不會有錯。

＊

我們被帶到會客室，這間會客室與公爵家本家宅邸的形象相比，精巧無比。

順帶一提，羅安格林城的會客室相當奢豪且寬敞，感覺能輕易容納數百位賓客。裡頭的擺飾品自上一代邊境伯爵在位時就沒有更換過，對我這種人來說或許有點太過鋪張了。

另一方面，公爵家本家宅邸的會客室就沒有那麼寬廣。

房間的陳設既簡單又不顯眼，但是經過仔細觀察，可以發現那些擺設都是以精細的工藝和高級材料製成的，給人舒適的好感。

該怎麼說呢？我能體會到設計者的心意，那就是想以房間溫暖的氛圍歡迎客人的到來，是一間非常棒的房間。

「怎麼樣？你喜歡這個房間嗎？」

「是的，非常喜歡。」

當我說出自己的感想，表示這個氛圍和羅安格林城截然不同後。

「畢竟前任羅安格林邊境伯爵是個性格低劣的人，等到事情告一段落，你也可以換掉城裡的藝術品——不過你果然很有眼光。」

「是嗎？」

「這間會客室呢，只有在迎接特別親近的客人時使用。」

「……咦？」

「正如你所說，這裡是公爵家本家的宅邸，不論是寬敞到能舉辦千人派對的大宴會廳，能讓王室成員長期滯留的貴賓室，還是接待重要人物時使用的會議室，全都一應俱全。」

「喔～」

「而在所有房間中，就屬這個房間最為精巧，裝潢最簡樸，品質卻是最高的——會被外表的豪華程度迷惑的愚蠢之徒，永遠不會被邀請到這個房間來。」

「咦？」

「這裡的使用頻率也非常低。畢竟有資格被邀來這間會客室的，只有被我們公爵家視為和家人一般親近——或是熱切希望與其打好關係的人。即使是王室成員，在橙子之前，上一次獲邀進來的人物應該要追溯到前前任國王。」

「……那個，讓我這種人進來這裡好嗎？」

「那當然。邀請貴族來這個房間，就代表櫻木公爵家表明了會全面支持該名貴族，況且我們早就公然宣揚要成為你的後盾了。而且你可能忘了，你可是我的救命恩人喔！無法以最高級待遇款待救命恩人的貴族，根本比狗還不如。」

「妳不用把那件事放在心上啦！」

「你的想法或許是這樣，但這是我們的心意問題，你就認命接受我們的款待吧。」

既然她都這麼說了，我也沒什麼好反駁的。

「……那就不好意思了，恭敬不如從命。」

「嗯，就該這樣。」

聽到我道謝後，櫟小姐開心地笑著點了點頭。櫟小姐果然很帥氣。就在我這麼想的時候。

「嗚妞！」

「怎麼了，嗚妞子？」

「嗚妞！嗚妞！」

在我背後待命的女僕奏頭上，嗚妞子手舞足蹈地試圖表達什麼——但我看不懂她想表達的意思。

「這很重要，需要確認。」

奏回應了嗚妞子的話，她似乎能理解嗚妞子想表達的內容。

「奏，她說了什麼？」

「嗚妞子是這麼說的。簡而言之——可以期待晚餐嗎？」

「居然是問這個！」

「這是非常重要的事，奏也很關心。」

「哥哥，我也很在意。」

「……呃，真的很不好意思，楪小姐。」

「哈哈，沒關係。我不是說了嗎？既然你們能來到這個房間，就不需要客氣。而且我們家的僕從都很優秀，肯定會為大家準備美食。」

「嗚妞——！」

「哥哥，我想吃海鮮。」

「奏也是。一路上都在山裡走，好吃的海魚會更好。」

「……楪小姐，真的很抱歉。回到羅安格林邊境伯爵領後，我會好好教訓她們的……」

「這、這樣啊……？我是完全不介意，你就手下留情吧……」

回去之後，就讓她們兩個過上整整一個月的蒟蒻節。

我如此下定決心。

——順帶一提，當天的晚餐出乎我們的預料。

也遠遠超出了我們的期待。

「我曾聽老爺說過邊境伯爵的喜好。」

家宰這麼說著，帶我們來到一個能一次容納數百人用餐的大廳。

而毫無間隙地擺滿整張桌子的——是裝得滿滿的壽司桶。

在前頭帶路的家宰轉過身來看向我們，餐廳裡的女僕們整整齊齊地排在他後面。

「——這是壽司宴。」

啪！家宰雙手一拍，張開雙臂的同時，所有女僕一齊對我們行了屈膝禮。

「…………唔！」

我斜眼看著鈴葉她們高興到說不出話來，渾身微微打顫的模樣。

再次深深體會到，公爵家真的連僕從都出色無比。

6

除了我以外，鈴葉、奏還有嗚妞子當然都吃到快撐死了。

不，我說的是真的，她們的吃相簡直是在挑戰人類的極限。她們一直吃到耗盡體力，變成純白的灰燼才停下來。

因此她們三人被公爵家的僕從抬到了寢室，現在應該正露出鼓脹的肚子睡著了吧。

……哎，我當然也想和她們一樣吃到撐。

但我這次也一樣，總不能忽視眼前的楪小姐瘋狂吃壽司，所以含淚控制自己的飯量。

由於大約有三人狂吃，排滿整張桌子的壽司桶恰好都被清空了。

楪小姐對我提出相當有貴族風範的邀請，問我飯後要不要來杯茶，於是我和楪小姐來到名叫咖啡室的地方。

順帶一提，咖啡室正如其名，是專門用來品嚐咖啡的房間，公爵宅邸中就連這種房間都有，這裡到底總共有多少房間啊？我大感震撼。另外，隔壁似乎是撞球室。天啊，這棟房子到底有多大？

「我剛才很猶豫要選哪個房間。」

楪小姐親自為我沖泡咖啡，同時說道：

「照理說，吃完壽司後適合來杯熱騰騰的綠茶，但我覺得，偶爾和你在不同的氣氛下聊

聊也不錯。畢竟在羅安格林城時，你每天都會泡熱茶給我喝。若是我這個女人的泡茶技術比你還差，就太不像樣了吧。」

「沒這回事啦。」

「所以呢，我決定招待你來我們家中最自豪的咖啡室。這個房間雖然不如剛才那間會客室，不過如果不是特別重要的客人，就不能來這間房間喔。畢竟這是初代櫻木公爵最喜歡的房間，家人花了一大筆錢才強行移建到這裡來。」

「原來是這樣。」

雖然不曉得初代櫻木公爵是多久以前的人，但是依照棵小姐的說法，這個房間毫無疑問是文化遺產級別的藝術品。

由於機會難得，我就好好欣賞一番吧。

「好了，終於只剩下我們兩人了。」

「真的很不好意思，我真的會狠狠地教訓那三個人，所以拜託妳，至少別嚴厲地懲罰她們好嗎——！」

「不不不，你為什麼那麼自然地跪下了？把頭抬起來！」

「她們剛才還說了失禮的話，我想一併好好向妳賠罪。」

「真是的。我剛才也說過了吧。我一點也不介意。那些壽司無論你們吃多少，絲毫不會對我們櫻木公爵家的家計造成任何影響。況且我很開心喔。」

「妳很開心嗎？」

「沒錯。因為鈴葉她們撐到倒下了，我才能夠霸占——不對，是因為我偶爾也想和你單獨面對面聊聊。」

隨後，我們聊了各種話題。

關於王室和橙子小姐，關於羅安格林邊境伯爵領，關於楪小姐的父親櫻木公爵。

聊著聊著，話題轉到我們目前所在的櫻木公爵本家宅邸。

「——話說回來，這棟房子真的很棒。」

「你這麼覺得嗎？」

「建築物和食物當然都非常棒，但更讓人佩服的是在這裡工作的人們都是很好的人，大家的笑容都很棒，工作也做得既迅速又準確，就算鈴葉因為吃太多倒下，也能完美應對。」

「呵呵，謝謝。聽到你本人這樣讚美自家的僕從，讓我覺得有點不好意思。以家宰塞巴斯汀為首，他們是我們櫻木公爵家的驕傲。」

「家宰嗎？」

「家宰很重要喔。畢竟這個人是僕從的核心，也是領導者。」

「嗯……我是不是也該僱用一位比較好？」

「這應該很難吧。正因為家宰非常重要，要是僱用了不合適的人，後果將不堪設想。家宰有時也會代替領主管理領地，不過也因此經常發生家宰長年以不正當的手段斂財的例子。家宰要是治理得不好，也會導致領民叛變，更嚴重的甚至會將整個領地賣給敵國。」

「唔哇……」

「在小事方面，家宰也得負責招募和培訓其他僕從。只要家宰優秀，僕從也會很優秀，反之亦然。」

「也就是說，櫻木公爵家的家宰塞巴斯汀是個非常優秀的人吧。」

聽到我這麼稱讚，楪小姐不知為何面露無法言喻的苦澀表情。

感覺就像這是事實，但她不太願意承認。

「那個……楪小姐……？」

「啊，抱歉——塞巴斯汀確實不僅非常優秀，對待工作也相當積極，但他有個實在無法改過來的壞習慣。」

「壞習慣？」

「他總是會把工作塞給別人。不僅是下屬，除了家主以外的人，只要能用他都會用。其實在八年前將當時只有十歲的我送進軍隊的人正是他。當時他曾說過，要是放任不管就會輸掉戰爭。」

「真的假的……」

「結果是我好不容易活了下來，這個國家也存續至今，所以塞巴斯汀從某種意義上來說是個救國英雄。不過他的情況和你不一樣，非常讓人氣憤。」

「哇啊……」

「你也要小心一點，塞巴斯汀真的很會使喚父親以外的人。要是他請你做什麼工作，你可以堅決地拒絕，知道嗎？——你想想，你都特地遠道而來了。」

櫟小姐低喃說完，門外便響起輕輕的敲門聲。

「不好意思，打擾兩位暢談了。」

「塞巴斯汀，有什麼事？」

「我來向邊境伯爵報告同行者的狀況。」

家宰塞巴斯汀這麼說著並走進房內，告知我鈴葉她們已經安然入睡，打算讓她們直接睡到早上。

「不好意思，給你添麻煩了。」

「不會不會，您言重了。見到她們如此愉快地用餐，我們這些準備餐點的人也高興到不禁面露笑容。」

「聽到你這麼說，我就放心了。」

「不過，聽說邊境伯爵非常強大——」

「喂，鈴葉的兄長是我重要的客人，我可不許你隨便使喚他。」

「我絕無此意。但是大小姐突然回來，外出收集情報的人員還需要一段時間才能夠返回，我希望邊境伯爵可以趁這段時間做點運動，消磨時間。」

「啊，好啊。」

家宰聽到我的回答後點了點頭，然後在咖啡桌上攤開一張地圖。

「這是櫻木公爵領的地圖。上頭有標記的地點，就是目前需要處理的盜賊或是魔獸的所在地。」

原來如此。

就是要我去解決那些盜賊和魔獸吧。

「給我慢著，塞巴斯汀！在情報送回領地的這段時間，我和鈴葉的兄長約好要一起去混浴溫泉，開開心心地玩耍……！」

「請兩位完成這件事再去——因為大小姐不請自去某位前途無量的邊境伯爵身邊，之後完全不回家，原先計劃由大小姐剿滅的盜賊和魔獸如今到處都是。」

「唔唔！你這樣說，實在讓人難以辯駁……」

「需要清剿的地點共有八十八處。」

「規模大致上如何？」

「各處的盜賊少則數十人，多則百人左右。魔獸都是個體，但是報告指出有雞蛇獸、芬里爾、克拉肯等等。」

這些魔獸全都是我認識的種類。

雞蛇獸是一種像巨大的雞的魔獸，芬里爾是巨大的狼，而克拉肯是巨大的烏賊。

牠們都很強悍，但是不會像巨魔一樣成群結隊，所以討伐起來並不困難，另外就是都很好吃。

雖然是很久以前吃過的，但我記得克拉肯生魚片嚐起來棒透了……吸口水。

「您意下如何？可以的話，非常希望羅安格林邊境伯爵能挑選其中兩三處清剿——」

「全都交給我！」

「「什麼！」」

楪小姐和家宰不知為何都大吃一驚。

不過我不能在這個時候讓步。

我想吃美味的魔獸肉——我表現得像是完全沒有那種欲望，自願接下討伐任務是純粹出於善意！

討伐魔獸後留下的肉不吃掉很浪費，所以我們（任務人員）會好好享用的！

魔獸的肉不易保存，當場食用最好吃，所以我、我也是不得已的！

家宰似乎被我充滿男子氣概的態度震懾，慌張地說：

「可、可是對手是雞蛇獸和芬里爾喔……？」

「我知道，牠們都很好吃——不是，是應對不當的話，牠們是會威脅到性命的強敵。不過正因為如此，必須由我來解決！」

「是、是這樣……嗎……？不過，您不需要勉強喔……？」

「哪裡！楪小姐一直很照顧我們，所以我得趁這個機會報答公爵家的各位！」

「那、那就……麻煩您了……？」

於是。

我巧妙從驚訝不已的家宰手中，接下了清剿所有地方的委託。

哎呀，幫助人真的是一件好事呢。

7（楪的視點）

櫻木公爵本家的宅邸當中，當然有楪的寢室。畢竟房間多得用不完，沒有必要清理不再使用的房間。

那天夜裡，椋走進自己睽違數年的寢室，發現房間內的陳設與記憶中一模一樣，不禁瞇起雙眼。

「——椋大小姐，可以借用您一點時間嗎？」

「進來。我就知道你會來找我，所以還沒換衣服。」

「恕我失禮了。」

走進房間的人是家宰塞巴斯汀。

「我想……我不需要問你來找我的目的。」

「正如您所料，我想談談關於邊境伯爵的事。」

「好吧。我可是鈴葉的兄長的夥伴，所以你想問什麼，我都能回答你。看來今晚會很漫長喔。」

「不，我對大小姐那些荒唐無稽的發言沒興趣。」

「你還真是一點都沒變……」

「事到如今，再討大小姐歡心也沒有意義。」

確實如此。椋心想。

家宰塞巴斯汀帶來葡萄酒，可能是打算當作諮商費。椋讓他將酒倒進玻璃杯，抿了一口

後說道：

「不過，我的夥伴真的是個很了不起的男子漢。我這輩子第一次見到塞巴斯汀犯下這麼大的失誤。」

「您的意思是？」

「你還不明白嗎？把太過簡單的清剿任務交給鈴葉的兄長，正是無法挽救的失誤。」

「……您可以解釋一下嗎……？」

家宰塞巴斯汀想不通也是無可厚非，畢竟……

「欸，塞巴斯汀。不論是雞蛇獸、芬里爾還是克拉肯，你會為一個魔獸據點準備多少兵力？」

「請大小姐當團長，另外準備百名精銳，耗費兩週左右解決。大概是這樣吧。」

「那反過來說，要是沒有我呢？」

「那就束手無策了。若沒有像大小姐一樣擁有超乎尋常的壓倒性戰鬥力的人，本就不該與魔獸交戰。」

「最後我問你，如果由鈴葉的兄長獨自一人前去呢？」

「綜合目前收集到的情報——包含準備時間在內，他應該大約一週能打倒一隻魔獸。」

「好，這就是你大錯特錯的原因。」

楪在眼前豎起三根手指。

「要花三週的時間嗎？」

「不，是三分鐘。」

「————！」

「只要鈴葉的兄長認真起來，不管是雞蛇獸還是芬里爾，不用三分鐘就能讓牠們灰飛煙滅，不過，實際上應該會讓那些魔獸活到十分鐘左右吧？鈴葉的兄長有自己的喜好，他為了品嚐到最美味的魔獸，會在儘量不傷害到魔獸的情況下打倒牠們。」

「也就是說，他會對魔獸手下留情……？」

「就結論來說是這樣沒錯，但他本人並不這麼認為，反倒像是在狩獵。」

「……那位大人……居然厲害到那種地步嗎……？」

根據楪的分析，鈴葉兄長的戰鬥力有嚴重被低估的傾向。

原因有很多。

他是平民出身，外表看起來是個極為普通的青年。

他的個性不會宣揚自己的功績，有時甚至會當作什麼事都不曾發生過。

被稱為殺戮女戰神的自己總是待在他身邊。

還有更重要的一點。

就是鈴葉的兄長留下的多數傳說，都太過驚人了——

「只要親眼見過他拿出真本領戰鬥的模樣一次，就會不得不承認這一點。否則，似乎就會認為是因為有我和附近的亞馬遜人幫忙，他才能獲取那樣的功績。那怎麼可能，鈴葉兄長的傳說，全都是那個男人獨自締造的。」

「原來是這樣……」

「塞巴斯汀也下意識這麼認為，從而估算鈴葉兄長的戰力吧？不過你這樣還算好的。有些蠢貨到現在都誤認為我比他還要厲害，你和他們比起來算不錯了。」

「……我為自己的無知感到羞愧至極……」

見到塞巴斯汀難得真心感到沮喪的模樣，滿足的楪繼續說道：

「另一件要處理的是盜賊團吧？這個就更簡單了。」

「為什麼呢？」

「因為鈴葉的兄長幾乎沒有知名度。」

畢竟鈴葉的兄長雖然在這片大陸的貴族圈中聲名顯赫，但幾乎沒有人知道他的樣貌。

若是庶民，甚至幾乎無人知道他的名字。

而在討伐盜賊團時，最麻煩的是他們會根據我方的戰力強弱隱藏，逃跑或是據守一方。

小規模或大規模的盜賊團倒還好，最難處理的是那種有狡詐的領導者指揮，規模約數十人的盜賊團。

這種規模的盜賊團不但能設立哨站，人數也足以執行佯攻戰術，據守在據點時也能夠確保食物充足，必要時甚至能輕易放棄據點從暗道逃脫，總之就是難以徹底剿滅。

如果派遣公爵的軍隊試圖殲滅對方，他們一看到大軍襲來，就會立刻逃跑。

即使是為了不驚擾他們，將楪派上陣，盜賊們也會一眼就認出她，馬上逃命。

「——然而如果是鈴葉的兄長，看起來就只是個似乎很聰明的年輕人。」

「再加上他身邊有鈴葉閣下——」

「她擁有極佳的容貌和身材。如果能賣給貴族，便宜賣出也能讓盜賊團賺到所有人都能一輩子享樂的錢，甚至有機會賺到足以買下一個小國的錢，所以絕對會想綁架她。要是能順便逮到巨乳蘿莉美少女女僕，價值又會翻倍了。」

「會翻好幾倍呢……不過只要邊境伯爵在，他們就絕對沒辦法綁走她們。」

「就算只有鈴葉一人，也絕對不可能就是了。」

「也就是說不管是什麼樣的盜賊團，都會主動悠哉地走出據點，迎向終結……」

「就是這麼回事。」

楪點了點頭，喝了口玻璃杯中的葡萄酒。

潤了潤喉後，她依然興致盎然，想繼續講述下去。

＊

於是在四小時後。

日期早已變換，楪一直在說著自己是唯一一個應該守護鈴葉的兄長，使他沒有後顧之憂的存在。她忽然看了眼時鐘，雙手一拍。

「已經這麼晚了嗎？我們回到正題吧。」

「這、這樣啊……您要回到哪個話題……？」

「塞巴斯汀所犯下的失誤，就是利用清剿魔獸這種簡單的工作，使喚鈴葉的兄長——要交由我的夥伴處理的，最好是更緊急又沒有任何人能應對，但放任不管的話就會導致毀滅性事態的那種情況。讓鈴葉的兄長去做那種除了他以外，也有人能做到的工作，實在太浪費那個男人的能力了。」

「要是經常發生那種緊急情況，我們也會很困擾的……」

「即使如此，如果沒有出現顯著的損害，清剿魔獸這種事等有空的時候再處理就行了，塞巴斯汀也是因為這樣才會放任不管到現在吧？為了應付那種緊急情況，我們應該儘量讓鈴葉的兄長欠我們人情。」

楪對神情肅穆的家宰下達指示。

「因此，我以櫻木公爵家直系長女的身分下令——我想想，送一套禮服給鈴葉好了。」

「您的意思是……？」

「因為塞巴斯汀拜託鈴葉的兄長接下了八十八處的清剿任務，讓我們又欠了他一個大人情，所以我們要稍微展現一下公爵家的誠意。而且，如果要送禮物給鈴葉的兄長，除了食物以外，基本上都會讓他感到困擾。」

「原來如此，是這麼回事啊。」

「最近鈴葉也在抱怨胸部又變大了，害她很煩惱沒有衣服可以穿，所以收到禮物後她一定會很高興。」

「怪了……以羅安格林邊境伯爵家中的財力，應該能輕鬆買下幾百件禮服吧……？」

楪聳了聳肩，以一副「你什麼都不懂」的態度說道：

「自己選的禮服和別人送的禮服有很大的不同。至少對於鈴葉來說是這樣。」

「哦？」

「就算是她其實很想穿給兄長看，又因為害羞而無法自己選擇的那種性感禮服，如果是由公爵家贈送的，她就有藉口了不是嗎？」

「我明白了……確實有道理。」

「你聽好了，塞巴斯汀，我先警告你，你可不要一時口誤提起自己的名字喔。要以『只是公爵家御用的女性設計師碰巧選了一件性感的禮服』這種名義送給她，要是被他們誤會是櫻木公爵家的男性想吸引鈴葉的注意，那就糟糕了，甚至會造成反效果。」

「這我明白。」

「不過要是遇到那種情況，鈴葉應該不可能接受就是了——」

在那之後，楪又不停介紹鈴葉的兄長這個人，應對他的訣竅，自誇自己親眼見證了傳說，期間夾雜了一些自己將來的抱負。

等到她終於說完時，天色已經亮了。

8

翌日，我們立即出發去清剿魔獸。

我會這麼急著出發，也是因為感覺到要是繼續待在這裡，每天都會有壽司大遊行，不然就是鮪魚大感謝祭，或是極品肉類大胃王競賽，許多美食會像洶湧洪水般湧來的危險。若是那樣，我們會再也無法離開櫻木公爵本家的宅邸。公爵家的財力真不可小覷。

至於另一個理由，就是我們打算在魔獸被別人討伐之前先下手為強。

考量到世人不可能會放過如此美味的魔獸，我們會這麼做也是理所當然的。

所以我們計劃以最快的速度打倒魔物。

當然，鈴葉她們三人也幹勁十足。

「我們出發吧，哥哥！為了公爵領的和平！……吸口水。」

「主人親手做的料理，魔獸食材版本！……吸口水。」

「嗚妞——！（吸口水）」

——順帶一提，楪小姐原先也想一起來，但是被家宰果斷地駁回了。

「大小姐不能去。」

「為什麼！」

「我仔細想過後，要是大小姐一開始就『好好告知』的話，應該就能預防問題發生了。所以就請大小姐留在宅邸中幫忙處理累積下來的工作，以彌補您的過失。若您想去泡溫泉，就請您在情報收集完以前好好工作。」

「糟糕，居然被你發現了！」

楪小姐和家宰展開了一段我聽不太懂的爭論。感覺他們的感情真好。

不過仔細想想，讓公爵千金去清剿魔獸也是件很奇怪的事就是了。

*

第一個清剿地點是距離公爵家本家宅邸不遠的岩山。

我們沿著岩層裸露的斷崖奔馳而上，往地圖標記的位置前進，果然在山頂上發現了雞蛇獸。地圖標示得很準確，給了我們很大的幫助。

我們從岩石背後觀察，確認只有一隻雞蛇獸，而牠沒有發現我們。

若要形容雞蛇獸的外貌，看起來就是一隻又大又醜陋的雞。

「哥哥，可以由我去獵捕牠嗎？」

「嗯～可是雞蛇獸會讓人的皮膚變乾耶。」

「……主人……那應該是石化毒素吧……？」

聽到奏的吐槽，我才知道這件事。

似乎只要和雞蛇獸目光相接，身體就會石化。而且牠呼出來的氣息也有劇毒，同樣具有石化的作用。

所以狩獵雞蛇獸時，皮膚才會感覺乾乾的啊。

「原來如此，真不愧是哥哥。只要擁有強韌的體魄和魔力，雞蛇獸的石化能力就不足以為懼啊！」

「……雞蛇獸的毒，應該不是那麼容易應付的……才對……？」

「總之，為了安全起見，還是注意一下視線和牠的毒吧。這次就交給我，鈴葉妳就仔細看好，下次再換妳吧。」

「好的！」

於是我開始狩獵雞蛇獸。

不過牠畢竟就是一種雞，所以沒什麼大不了的。

我盡可能迅速地接近牠，並用手刀砍下牠的頭就結束了。

「結束嘍，各位。」

「哥、哥哥太厲害了！我完全看不清你使出手刀！」

「……明明只是手刀，切口卻光滑到像細胞都被俐落切開一樣……！即使是奏的刀，也絕對辦不到……！澈底慘敗……！」

「奏的觀點聽起來很像專家呢。」

「嗚妞——！」

「嗚妞子也在稱讚我嗎？謝謝。」

於是我們立刻處理好雞蛇獸，將牠做成了烤雞。

好吃得不得了。

另外，奏說她想要雞蛇獸的毒，所以我就給了她。

她應該是想拿去當殺蟲劑吧，真不愧是能幹的女僕。

*

下一個地點是盜賊的據點。

「呃，哥哥，盜賊是不能吃的喔？」

「我知道啦！」

如果只獵殺魔獸而放過盜賊，會惹公爵家家宰生氣的。

地圖上的標記圈起了一部分森林的深處。

表示盜賊就在這一帶。

「哥哥，盜賊和魔獸不一樣，他們會逃跑，所以很麻煩。」

「是嗎？我狩獵魔獸的時候牠們也很常逃跑耶。」

「我覺得只有哥哥遇過這種情況。」

我們這麼聊著，同時想著該怎麼找出盜賊的據點時。

「奏有個好主意。」

「奏？」

「誘餌策略。」

「要怎麼做？」

「讓鈴葉把胸部完全露出來，在森林裡漫步，一次就能釣到很多人。」

「我才不要做那種事！」

鈴葉搖頭拒絕了。嗯，這也難怪。

「妳不用在意。反正盜賊都得死。」

「那奏自己去當誘餌就好了吧？」

「說得也對。好。」

「不行不行不行！」

就在奏動手解開女僕裝的衣領時，我不由得制止她。

「不過，誘餌策略可能是個好主意。鈴葉就算被盜賊抓走也不要緊吧？」

「雖然我覺得自己不會大意到落入區區盜賊的手中，但我不想離開哥哥身邊……」

「我當然也會在暗中觀察，妳一有危險，我就會立刻去救妳。」

「能、能讓哥哥救我——沒問題！」

——就這樣，我們採取了誘餌策略，效果好到令人發笑。

接下來清剿盜賊時，這個策略也是屢試不爽。

具體來說，就是在將近五十處的盜賊據點拋出鈴葉後，不到三分鐘就會有所收穫。簡直就是一下餌就上鉤。

雖然一開始鈴葉假裝抵抗時會失誤，不小心折斷盜賊的脖子，導致我們不得不在抵達據點前就打倒盜賊，但撇除那些失敗，我們的清剿行動進展得很順利。

這也和鈴葉她們異常有幹勁有很大的關聯，因為她們迫不及待地想去討伐下一隻魔獸。

如此這般。

我們四處狩獵魔獸，由我負責烹煮，大家一起大啖美食，同時也激勵了我們清剿盜賊，結果——

我們大約花了一個月的時間，順利將八十八處需要清剿的地點澈底處理完畢。

9

當我們回到櫻木公爵家的宅邸報告時，家宰驚訝無比。

「真、真令人想不到……！你們居然真的只花一個月就全部解決了……！」

「那個……全部處理掉是不是不太好……？」

「絕無此事！」

我還以為他是因為我們霸占了魔獸肉而生氣……但他先犒勞了我們這趟討伐任務的辛勞。太好了。

至於櫟小姐。

「我、我好想見你……！我的夥伴……！」

「妳怎麼了？看起來很狼狽耶！」

「那個無情的家宰要我代替家主處理工作，讓我做了一大堆不熟悉的文書工作……而且我不曾這麼久沒見到你，都出現了戒斷症狀，實在是……嗚嗚嗚！」

「很、很辛苦對吧？」

雖然有些話我聽不太懂，但是她似乎也過得很辛苦。

此外也有好消息。

「主人，女僕之谷的女僕帶來了目前最新的情報。」

「對了，我也整理好我們公爵家收集到的情報了。」

「謝謝妳們！」

於是，大家一起讀完兩份報告後，明白了三件事。

首先，山銅是由優質的祕銀，與超高純度魔力過度融合而成的產物。

其次，山銅具有藥效，是萬能特效藥「不朽靈藥」的材料。

最後，山銅具有破魔的效果。

「嗯……感覺好像明白了什麼，可是具體上沒有任何進展……」

「不過哥哥，我們知道山銅礦脈形成的原因了呢。」

「鈴葉說得對。應該是當初鈴葉兄長和徬徨白髮吸血鬼的魔力，光與暗兩者結合為最強的超高純度魔力，和近在一旁的祕銀礦脈融合了。真讓人難以置信，除了鈴葉的兄長，沒有人能再重現這個精煉方法了。」

「就算要我再做一次，我也不可能辦到喔。」

無論如何，能收集到一些情報真令人高興。

這次雖然沒收集到徬徨白髮吸血鬼的情報，不過就期待未來有所收穫吧。

＊

而現在，我們正要前往什麼地方呢？

正是溫泉。

至於我們為什麼會前往溫泉，一切的開端都是因為櫟小姐突然向我低頭致歉。

「唉，非常抱歉，都是因為我們家的家宰準備不周……」

似乎是因為他們沒料到我們會在這麼短的時間內，將八十八個地方清理完畢，所以還需要時間準備報酬。

「沒關係，我們不需要什麼報酬啦。」

「怎麼能這麼說。這次是我們公爵家的家宰委託的清剿任務，而你完美地完成了任務。要是這樣還不支付報酬，我們公爵家的顏面將會蕩然無存。」

「你們真的不必介意……」

話說我們吃了那麼多魔獸肉，又收下報酬感覺不太好，有股強烈的罪惡感。

不過暫且不提這個，我們討論起在等待報酬的期間，要做什麼才好。

「哥哥，溫泉啦！我就是為了泡溫泉才來公爵領的！」

「我也非常贊成。因為待在本家宅邸，塞巴斯汀又會把工作推給我。」

「奏也非常贊成……只要提到溫泉就是搓背，只要提到搓背就會想到女僕。這就是熱氣瀰漫的真理。」

「嗚妞——！」

於是，我們決定去泡溫泉。

從公爵本家宅邸出發後，我們花了三天時間抵達險峻深山中的溫泉。

「這個秘境雖然十分偏僻，但歷史最悠久，泉質也是最好的。」

不愧是能讓楪小姐如此自豪的地方，這裡就宛如湖水變成了溫泉。不但寬闊無邊，溫泉水還不斷從泉源湧出，水質也非常乾淨。

這就是所謂的源泉溫泉。

由於位於險峻的山上，向下俯瞰的景色也極佳。

溫泉水呈現純白色，讓人一眼見到就知道是溫泉，令人情緒高漲。

「那麼妳們先去泡吧。我之後再泡。」

我會這麼說是因為我是唯一的男性，但大家不知為何都顯露疑惑的表情。

「哥哥，你在說什麼?反正這座溫泉除了我們以外，沒有其他人了，一起泡就好啦。」

「不不不，這又不是混浴溫泉！」
「這裡本來就是混浴溫泉喔！那邊還立著牌子呢。」
「真的耶……上面寫著男女混浴，需要穿泳裝……」
「不過除了我們以外也沒有別人，應該可以全裸下水。」
「絕對不行！」
即使我和鈴葉是兄妹，奏是女僕，而嗚妞子是幼女，因此勉強能一起泡，但櫟小姐絕對不行，因為她是公爵千金。
當我看向櫟小姐，暗示她說點什麼後。
「這、這樣啊……不過，在戰場上一同拚死奮戰的戰士之間無男女之別……那麼我和鈴葉的兄長混浴，反倒是種必然吧……！」
「不是！請妳反駁一下啦！」
最終我動用了權限，要大家都穿上泳裝。
雖然大家好像都很不滿，真是不懂為什麼。
「——算了，我早就預料到可能會有這種情況，先準備好泳裝了。當然每個人都有。」
聽到櫟小姐這麼說，女性們進入更衣時間。

由於我是男人，很快就換好了，便在池邊等著大家。畢竟自己先進去泡也不好。
不久後大家換好了泳裝，從岩石後面走出來。
「哥、哥哥，你覺得怎麼樣——？」
鈴葉這麼說著，率先走了出來。她的泳裝該怎麼說呢……非常大膽。
藍色的比基尼很適合鈴葉，就和她的髮色一樣。此外我曾聽她說過，以她的體型，連身泳裝的尺寸會過於緊繃。
這設計完全襯托出鈴葉那身纖細卻鍛鍊有成的軀體。
可是好像——
「呃……是很適合妳，不過布料的面積是不是太小了……？」
「太、太棒了！哥哥說很適合我！」
「不，重點不是那個……？」
「好啦，你別那麼說。」
面帶苦笑出現的，是穿著白色比基尼的樑小姐。
不過她這身泳裝的布料面積也格外地小耶。
接著出現的是奏，她穿著黑色比基尼。這件也一樣。
……只有最後出來的嗚妞子穿著直筒型的連身泳裝，讓我不知道該不該給點評論。

「你們清剿魔獸時，我請公爵家御用設計師訂做了泳裝，結果設計師太熱血沸騰了。」

「這樣啊。」

「雖然她是個優秀的女性，但美中不足的是會失控……她居然在我這個公爵千金的面前大喊：『這副身軀簡直就像神與魅魔附體，要是不盡可能地讓所有人見識到這空前絕後，前所未有的性感身體，是在褻瀆全人類啊啊啊！』然後就變成這樣了。」

「咦咦咦……？」

「我也想說，只給你一個人看的話沒什麼關係……沒、沒有啦！那個，我剛才的話不是那種意思！」

雖然我不太明白楪小姐想表達什麼。

但聽到我稱讚泳裝很適合她們後，大家都相當開心。

所以我想這樣也不錯吧。

10

「呼……溫泉真是讓人放鬆……」

鈴葉整個人泡在白色溫泉中，發出幸福至極的聲音。

她不知為何坐在我的腿上。

「我、我說鈴葉？差不多該換人了吧？」

「不行，坐在哥哥的腿上是我這個妹妹才有的特權。」

「……話說鈴葉，妳為什麼一進來就坐到我的腿上呢？」

「我們兄妹不是從小就這樣嗎？」

那是很久以前，當時她的年紀比現在的奏還要小的事了。

那時家裡的浴缸很小，不能兩個人並肩坐著，我才逼不得已泡著鈴葉一起泡澡。

「什麼！你居然和妹妹做了不知羞恥的事……！」

「我哪有！」

「既然不是不知羞恥的事，那也讓我坐到你的腿上證明吧。」

「那樣才是不知羞恥吧！」

就在我們進行愚蠢的對話時，奏仰泳經過我們面前。

小時候見到寬敞的浴池，就會很想游泳對吧。我很懂那種感受。

雖然看到奏浮在水面上的豐滿胸部，完全不像是小孩就是了。

嗚妞子則是露出有些鼓鼓的肚子，漂浮在溫泉中，看起來相當享受。

「要是附近有間旅館就完美了……」

「最接近的村莊有五十公里遠，所以應該不可能。而且——」

「我更喜歡吃哥哥做的飯，所以沒問題！」

「我、我正準備說出那句話耶！」

……楪小姐該不會是為了讓我做料理，才選擇了這個偏僻的溫泉吧？

如此這般，我們悠哉地泡著溫泉時，楪小姐為我們講述起這個溫泉的種種，像是功效和歷史之類的。

「這座溫泉有著悠久的歷史，和我們公爵家也有深厚的淵源。這就是我無論如何都想和你一起來的原因。」

「楪小姐，原來妳不是為了吃哥哥親手做的料理才說要來這裡的啊。」

「那當然是原因之——不、不是，那不是重點啦！」

果然是這樣啊。

「咳——那是一千多年前發生的事。某位將來會成為櫻木公爵家初代家主的戰士，受託討伐棲息在櫻木大地的邪惡大蛇。」

「喔～～」

「邪蛇極其強大，實在不可能打倒，因此祖先向當時勉強倖存的精靈求助，經過數個月的拚死戰鬥，終於制伏邪蛇，將牠封印在這座靈山。」
「嗯嗯。」
「根據傳說，封印邪蛇的地方湧出了溫泉。所以據說那條邪蛇至今仍然沉眠在這座溫泉底下——」
而根據那個傳說，這白色溫泉水很可能是那條邪蛇的精華。
感覺不太舒服……不過我沒有將心底話說出口。
「真是個好故事，能讓人感受到櫻木公爵家悠久的歷史。」
「嗯，對吧對吧。」
「…………」
鈴葉啊，這就是不在社會上樹敵的處世之道。大概是。
所以不要用質疑的眼神看著哥哥。
「既然如此，我也來幫忙吧。奏，可以給我山銅嗎？」
「好的。」
應該在稍遠的地方仰泳的奏，從我旁邊的水面探出頭來，將手伸進胸口拿出山銅。我不會再吐槽嘍。
「我也來盡點微薄之力，幫忙維持封印吧。嘿！」

我扔出去的山銅塊掉進溫泉正中央，沉了下去。

「原來如此。山銅具有破魔的效果，所以你才會獻出來吧。謝謝。」

「這不算什麼。」

之後我們悠哉地泡著溫泉時。

地面突然劇烈搖晃起來。

溫泉冒出大量泡泡，然後地面以溫泉為中心龜裂——！

「哥哥！」

我們急忙離開溫泉，接著一道水柱在我們眼前高高噴起。

出現一條全長有數十公尺的——巨大的蛇。

「原來傳說是真的……」

櫟小姐愕然地喃喃說道。一旁的鈴葉則皺起臉：

「也就是說，我們是泡在那條蛇滲出來的白色液體裡……」

「鈴葉，別再說下去了。」

況且現在也不是糾結那個的時候。

根據傳說，作為英雄的初代櫻木公爵為了封印這條大蛇，耗費了數個月的時間。

坦白說，我不認為自己這個只能狩獵小魔獸的人有能力解決。但如果現在逃跑了，這條

大蛇會和以前一樣，將櫻木公爵領的領民推向地獄——那可不行！

「楪小姐！」

「我明白！就大打一場吧！」

於是我們正面迎戰邪蛇——！

……但我只不過是對邪蛇的頭打出一記刺拳，牠的頭就被我轟飛了，戰鬥就此結束。

看來牠在被封印的期間裡變得虛弱至極。

虛有其表也該有個限度。

＊

打敗邪蛇後，自然就到了用餐時間。

蛇肉嚐起來和雞肉很像。

換句話說，作為魔獸的邪蛇肉，吃起來就像美味至極的雞肉。

「真、真好吃！哥哥！」

「雖然有所耳聞，但沒想到魔獸的肉會這麼好吃……不對，等等，所以你們在我被文件淹沒的時候，都在吃這麼美味的東西嗎……？」

「為主人的食物試毒是女僕的工作。也就是說，奏能為了主人大吃特吃這些肉——！」

「嗚妞——！」

——總之就是這樣。

那麼巨大的邪蛇的肉，僅在一小時內就被我們吃得一乾二淨。

可能是吃太撐了，到最後大家都累到站不穩了。

然後。

「呃，各位，燉內臟已經做好了，可是妳們還吃得下嗎？」

「你、你等一下，蛇的內臟可以吃嗎？」

「通常是不會吃的，但這次是魔獸大蛇，所以我想或許會很好吃。妳們要吃嗎？」

大家應該都吃不下了吧。當我懷著這種心思詢問大家——

「哥、哥哥親手做的料理都擺在眼前了，我怎麼可能不吃……！」

「你聽好了。女騎士有時即使知道會輸，也必須挺身一戰。現在就是那個時刻……！」

「……女僕絕對不會逃避工作，就算明白那條路有多艱苦又困難也一樣……！」

除了已經翻身睡起午覺的嗚妞子以外，其他人都露出了銳利的眼神。

感覺有點像殭屍，老實說很可怕。

「那、那個……不要勉強自己喔……」

我為大家盛了燉內臟後，她們不像剛才一樣狂吃，慢悠悠地品嚐起來。

「但你煮的這道燉內臟也很美味呢……剛才的肉也是，你居然能忍住不大吃一頓，真是不可思議。」

「不，其實我也很想盡情地大吃特吃，不過要是我鬆懈下來，萬一有其他魔獸跑來襲擊我們就麻煩了。」

「嗯，原來如此……原來你連這種小細節都顧慮到了，真了不起。」

楪小姐誇張地感到欽佩，但我記得這種危機管理是騎士本來就該注意的，不算什麼。

當我在心底這麼吐槽時。

「啊……這是什麼？」

鈴葉的那份燉內臟中，出現了一顆拳頭大小的水晶球。

看來這是沒有被消化，殘留在邪蛇內臟中的東西。

「會是水晶球嗎？不過已經裂了。」

「可能還會有其他碎片，吃的時候小心一點吧。」

正如鈴葉所預言，碎裂的另一個部分出現在楪小姐的碗中。

「哥哥，這是什麼？我覺得這東西不是普通的水晶球……」

「我也這麼認為。如果是普通的水晶球，假設被吞下肚了，應該也會立即被魔獸那腐蝕性強大的消化液溶解。」

「原來如此。」

而且仔細觀察後，能看出這顆碎裂的水晶球中有強大的魔力殘渣。

「楪小姐，妳認為這會是什麼？」

「這只是我的推測……不過既然是在邪蛇體內的，或許是祖先封印邪蛇時使用的寶珠。總之我們應該帶回去。」

「我明白了。」

於是。

我們帶著碎裂的水晶球返回櫻木公爵本家的宅邸。

11（橙子的視點）

深夜的櫻木公爵家。

橙子在比往常還晚的時間走進家主的書齋，她一坐下就大嘆了口氣。她很想請鈴葉兄揉

揉自己的腰。

接下晚一些走進房裡的櫻木公爵遞來的熱茶，啜飲了一口。

「您看起來很疲憊。」

「真的很累……！雖然我多少預料到了，但完全沒想到領內的治安會差到這種程度！」

「畢竟大多數都被清算了。」

此刻多洛賽魯麥爾王國的治安正在惡化。

原因很明顯，因為發生了政變。

更確切地來說，是因為橙子就任女王時，將王子派系的貴族連根拔起肅清的緣故。

貴族的主要工作之一，就是維持領地的治安。

因此在大多數貴族都遭到肅清的階段，她就預料到治安會惡化了。

「一想到治安因為我當上女王而惡化，就覺得很羞愧。」

「話雖如此，但要是由某一位王子繼承王位，治安可是會惡化到現在完全無法相比的程度。畢竟那些人不但都是會發動政變的愚蠢之徒，還是滿腦子想著要如何以嚴苛的政令壓榨領民的人。他們根本不會將錢財用在維護治安上。」

「嗯～～是這樣沒錯……」

橙子決定還是別吐槽兩人也曾策劃過政變，她連吐槽的力氣都沒有。

「不過，治安惡化的速度比預期的還要快，怎麼會這樣？」

「關於這點，我有點頭緒。」

「那是什麼意思？」

公爵摸了摸下巴，開口說道：

「因為那個男人。」

「那個男人？你說的該不會是鈴葉兄？怎麼會和他有關？」

「這是我們公爵家的家宰提出的一個假設——」

——從前，我國曾是對鄰近國家構成威脅的大國。

因此鄰近的國家都競相加強防衛，沒有餘力能派人滲透我國。

然而在這種情況下，鈴葉的兄長出現了。

鈴葉的兄長僅憑一己之力就奪回了自己的領地，更是不費一兵一卒，獨自一人就擊潰了侵攻而來的百萬敵軍。

只要思緒清楚，都知道要以武力去抗衡那種過於壓倒性的武力是徒勞無功。

那麼他們能做的，就只剩下耍些小手段——

聽到公爵這番假設後，橙子搔了搔頭。

「也就是說他們放棄防衛，轉而惡化我國的治安，企圖騷擾和弱化我國？」

「正是如此。」

「唔唔……聽起來真的很有可能……！」

「若我是敵國的人，一定會派盜賊來破壞治安，還會支援王國內現有的盜賊團。畢竟就算盜賊被捕，照理說也幾乎不可能查出他們與貴族之間的關聯。」

「乾脆來攻擊我們比較輕鬆嗎……」

「不過那麼做的話，對敵國就沒有好處了。我收到的報告指出，所有與我國相鄰的國家都大幅削減了防衛國境的部隊，他們完全有餘力將多餘的人手轉用於騷擾我國。」

「唔……！」

「另外還有一件有趣的事。目前我國治安最良好的，無疑是羅安格林邊境伯爵領。也就是說，其他國家完全沒有對那個地方出手。」

「他們應該是擔心搞小動作萬一被發現，觸碰到鈴葉兄的逆鱗，就會像嘉蘭度領一樣被徹底擊潰吧？這世界上應該沒有膽敢對鈴葉兄的領地出手的蠢蛋啦。」

橙子已經明白治安為什麼會惡化到超乎預期了，公爵的假設毫無疑問就是主因。

「哎……鈴葉兄本來就讓我們多了很多麻煩要處理的說。不過，我們得到的好處比那些麻煩多上數萬倍，所以也沒資格抱怨就是了！」

「呃？這次是怎麼了？」

「聖教國那邊要我過去一趟。」

聖教國，是以遍及整片大陸的宗教總教區為中心，建立而成的宗教國家。

儘管多洛賽魯麥爾王國有自己的國教，但追溯至其根源，也是從聖教國分離出來後獨立的宗教。

不過本是王國國教領袖的教皇是政變的主謀之一，在他被肅清後，教皇的位置如今仍是空缺的。

公爵聽到聖教國有所動作，立刻就想到了。

「原來如此。是因為在意那個男人的存在，才藉此來窺探情況啊。不僅是聖女——就連教皇和大主教應該也牽涉其中。」

「真受不了，在意鈴葉兄的話，就自己來找他啊！」

「認命吧。新任國王上位後前去拜訪，本來就是自古以來的傳統。」

光是抱怨也無濟於事。橙子也很清楚這一點。

既然如此，問題就是自己該如何是好了。

但正是因為想不出辦法，她才會這麼困擾。

「好吧，我會去聖教國拜訪一下……但我們回到正題。既然治安惡化是鄰國騷擾導致的，那要維持治安的話，看來只能乖乖投入資金了。有沒有什麼輕鬆的方法能解決啊？」

「真是沒有國王比您更輕鬆了。您得感謝那個男人。」

「唉，我是很感謝他沒錯……」

橙子說到這裡，突然想到。

公爵應該也在煩惱自家領地治安惡化的問題，證據就是他不久前還忙得不可開交。

可是他現在看起來卻游刃有餘——？

「欸，公爵，你有什麼祕訣嗎？」

橙子一邊隨口問問，一邊喝著茶，心底想著大概沒有那種好事。茶真好喝。

「雖然沒有什麼祕訣，但待在公爵領的家宰寄了急件過來。」

「什麼急件？」

「——拜訪了公爵本家宅邸的那個男人，似乎說要將領地內共八十八個清剿目標全部處理乾淨，從宅邸出發了。」

「噗————————！」

橙子猛然噴出茶水。

公爵似乎早已預料到橙子的反應，迅速舉起文件擋下。

「咳咳，咳咳——那是怎樣啊！」

「考量到那個男人的實力，他完全有能力辦到。」

「是這樣沒錯啦！……咦？不過這個方法意外有效……？」

「如果不去考慮會耗費打算在危急時刻向那個男人求助的人情，這樣確實可行。不過家宰也因為委託他去討伐，惹楪生氣了。」

「也對，隨便把工作扔給鈴葉兄處理，楪應該會生氣～～不過感覺鈴葉兄本人反倒完全不會介意就是了。」

「確實如此。」

兩人絲毫沒有想過鈴葉的兄長失敗的可能性。

更確切地說，要是鈴葉兄長的對手有讓他陷入苦戰的一點可能，公爵應該會立即緊急報告給女王。

「嗯～～好好喔～～可以讓鈴葉兄也來王室直轄領地清理一下嗎？」

「您去拜託他就行了吧。那個男人不會拒絕。拜託他處理王國全域的清剿任務如何？」

「啊，那可不行。」

「為什麼？」

「因為人類啊，是一種會想輕鬆過活的生物。」

只要請鈴葉的兄長幫忙處理清剿任務，他應該會接受，貴族也會感激他。

但要是這種情況反覆下去，總有一天會成為習慣。

然後等到將來某一天，鈴葉的兄長不在時。

貴族們可能就會澈底忘記他們必須守護好自己的領地——

「哎，說真的，就剛才聽到的情況，你們家倒是還好，就像鈴葉兄恰好前去拜訪時，償還派出官僚的人情一樣。不過那不應該成為理所當然的日常，況且普通的貴族沒有讓鈴葉兄欠他們人情。」

「如果是那些被清算的傢伙，可能利用完那個男人就不認帳了。」

「所以他們才會被清算啊……讓鈴葉兄心生厭惡後拋棄國家，那才是一路快速通往亡國之路的劇本。」

「要是王室委託他們處理清剿任務，感覺他們也不會有什麼幹勁。」

「對啊——他們首先可能會一直探討現況如何。」

橙子說到這裡，突然歪了歪頭說：

「不過，如果是緊急情況就另當別論嘍。像是出現只有鈴葉兄才能應付的魔獸。」

「哦？」

「我說的是危險性最高的傢伙喔。比如說，被櫻木公爵領的初代公爵所封印，傳說中的耶夢岡得復活之類的！」

耶夢岡得是據說存活在神話時代的傳說大蛇。

根據流傳下來的傳說，初代櫻木公爵經歷長達數月的殊死戰後，仍無法討伐耶夢岡得，但勉強將牠封印在靈山中，而封印之地在那之後湧出了溫泉。

不過沒有留下可靠的目擊紀錄，被現代人們認為是幻想的魔獸。

「……別開玩笑了。我甚至不願想像能毀滅櫻木公爵領的魔獸真的存在。」

「啊，抱歉。」

之後，他們又討論了一些問題。

那天的深夜密談也像往常一樣結束了。

之後大約過了一個多月。

櫻木公爵收到一份緊急報告，表示邪蛇復活後隨即被消滅了，使他大感愕然——

3章 聖教國

1

回到櫻木公爵本家宅邸報告邪蛇的事情後，家宰非常驚訝。

「然、然後，各位就擊敗了傳說中的耶夢岡得嗎——！」

「啊，原來牠叫耶夢岡得嗎？」

據家宰所說，似乎因為傳說太過荒誕無稽，大家都不認為那則傳說是真實發生過的事，似乎也沒有可靠的目擊證詞。

「那有人受傷嗎？」

「完全沒有人受傷。因為那條邪蛇和傳說不一樣，非常弱。」

「——大小姐？」

「正如鈴葉的兄長所說，確實沒有人受傷。不過那條大蛇究竟厲不厲害，我現在也完全搞不懂了。」

「您的意思是？」

「因為鈴葉的兄長一拳就打飛了牠的頭。」

「……恕我失禮，不過真的辦得到那種事嗎……？」

「可以，我的夥伴就可以。」

鈴葉也在楪小姐的身邊點頭附和。

話說我覺得能辦到那種事時，就已經證明邪蛇變弱了吧。

「還有，我們在邪蛇的肚子裡找到了這個。」

我將碎裂的寶珠交給家宰後，他仔細地端詳起來。

「這是……用來封印耶夢岡得的寶珠嗎？」

「或許是吧。」

「我記得初代家主的傳說中並沒有提及這種寶珠的存在。話雖如此，初代家主封印耶夢岡得時的具體情況，本來就沒有留下任何詳細的記載。」

「畢竟都是一千多年前的事了嘛。」

不論這個東西是用於封印的寶珠，還是偶然從邪蛇的肚子裡出現的物品，無疑都是和公爵家傳承的邪蛇傳說相關的道具。

我因此想將寶珠交給家宰時，他不知為何奮力拒絕了。

「請羅安格林邊境伯爵務必收下它。」

「可是，這可能是源自於初代公爵的珍貴物品喔。」

「正因為如此，我才希望您收下它——不僅是邪蛇，您討伐了公爵領內的所有魔獸，我們當然會為您準備報酬，但既然這是有價值的戰利品，那麼其所有權就屬於討伐者。」

「可是——」

「擊敗魔獸後得到的報酬，應該屬於擊敗牠的英雄。」

我望向楪小姐，她也用力點頭附和。

「沒錯，這就和魔獸的肉一樣。」

「——既然你們都這麼說了。」

他們一提到魔獸的肉，我就無法抗拒了。

寶珠對我來說沒什麼用，不過要是他們因此要我支付肉錢，那我可承擔不起。

所以我決定老實地收下來，反正他們有需要的時候再歸還就好了。

就在我思考該怎麼處置這顆寶珠時，家宰建議道：

「請橙子女王鑑定這顆寶珠如何？」

「橙子小姐嗎？」

「像寶珠這種魔道具，還是魔法師最了解。而我國最優秀的魔法師非橙子女王莫屬。」

「原來如此。」

跟橙子小姐報告收集情報的進度時，或許能順便請她看看寶珠。

「那我在近期內前往王都吧。」

「不，無需如此。」

「你的意思是？」

「在各位外出的時候，王室已經先聯繫了我們，表示橙子女王將造訪本家宅邸。她將在幾天後抵達。」

櫟小姐似乎對此毫無頭緒，相當疑惑。

「橙子要來這裡？她有什麼事嗎？」

「女王新上任需要去拜訪聖教國，因此打算在途中順道來這裡。」

「你說聖教國？王權交替後新王是得去拜訪，不過——喔喔，原來是這麼回事。」

我也曾聽說過這件事。

聖教國是這片大陸的宗教總教區，因此新王即位後要去拜訪。不過我聽說這個慣例最近已經廢除了。

還有，感覺現在才去拜訪也有點晚了。

鈴葉似乎也和我有同樣的疑問。

「不過楪小姐，自從橙子女王即位以來，已經過半年多了吧？而且因為哥哥大肆活躍，擴張了領土，現在的國情實在很難稱得上穩定。為什麼要現在過去呢？」

「我剛才也有閃過這種想法，不過橙子不可能在這個時間點主動出訪。所以原因可能會是鈴葉的兄長吧。」

「因為我嗎？」

「稍微思考一下吧。對聖教國而言，不管王位是否因為政變更迭，只要下一位國王不和他們為敵就行了，所以之前都對王國置之不理。但是這時，鈴葉的兄長出現了。」

「呃，我做了什麼嗎？」

「你做了很多事情啊。不管是山銅，還是你獨自一人擊潰百萬敵軍，這些事情都足以引起聖教國的興趣。話雖如此，他們礙於自尊而無法採取行動，所以就藉由新王拜訪聖教國的傳統，傳喚了橙子。」

「我該不會給橙子小姐添麻煩了吧……？」

「雖然不能完全說沒有，但你為橙子帶來了至少百萬倍的好處。這就像是盡情使喚你的橙子最終需要支付的稅金一樣，所以你完全不需要在意。」

「楪小姐說得對，哥哥。反倒是橙子小姐應該支付更多稅金。具體來說，要每餐都為哥哥和我這個妹妹提供炸豬排咖哩。」

「鈴葉，你在說什麼啊！」

對食物的關心遠多於異性，就是這麼一回事吧。看來我的妹妹根本還沒長大。

只看身體的話，發育得非常好就是了。

＊

在橙子小姐抵達的幾天前。

我們受楪小姐所託，決定幫忙訓練公爵家的私兵。

「不過楪小姐自己就有能力訓練私兵了吧？」

畢竟楪小姐是身懷殺戮女戰神的稱號，在大陸上威名顯赫的女騎士。

應該沒有什麼我能幫上忙的地方。

「你在說什麼啊。你錯了，而且大錯特錯。」

「是嗎？」

「如果只有我的話，只能進行一對多的訓練。不過要是再加上你，不就能進行假設有兩名強敵的訓練了嗎？這兩者之間有很大的差別喔。」

「說得有道理。」

就算楪小姐再厲害，也無法獨自一人重現被敵人夾擊的情況，或是攻擊一名敵人時，剩餘的敵人綁架貴族的場面。

如果是假設包含護衛任務在內的多種情況，狀況和殲滅盜賊或魔物不同，楪小姐自己一個人能做到的訓練確實有限。

「所以要請你在訓練的時候隨時和我配合，這樣效率是最好的。」

「好的。」

我點頭同意後，楪小姐綻放出無比開懷的笑容。

楪小姐真的非常熱愛訓練呢，令人佩服。她真是女騎士的典範。

「對了，也叫鈴葉和奏一起來吧。」

「等一下，為什麼要叫她們？」

「因為照楪小姐的意思，人數愈多，能夠進行的訓練情境就愈多啊。憑鈴葉和奏的實力也沒問題。」

「……不，這次就算了。」

楪小姐搖了搖頭。為什麼呢？

反正她們兩個人都有空，我還以為這是個好主意耶。

「有什麼問題嗎？」

「呃，總之，讓她們參加訓練確實沒有不好，不過人一多起來，我就沒辦法守護你的背後——不是，我就沒有時間練習和你配合的默契了——也不是，就是那個啦，那個！光我們兩個人就已經夠厲害了，再加上鈴葉的話，我們這方的實力會強到沒辦法控制吧？」

「是嗎？」

只是加上鈴葉一個人，實力就會過強，看來公爵家的私兵相當弱小。

我明明聽說他們的實力足以和王室的近衛師團抗衡啊，看來傳聞不可輕信。

鈴葉也不太擅長拿捏分寸，若是如此，由我們兩個來進行訓練會比較好吧。有道理。

「原來如此，我了解了。」

「這樣啊，你明白我的意思了嗎——為了預防萬一，我先講清楚，我絕對不是想和你兩人一起戰鬥，或是想獨占保護你背後的權利，或者想在一整天訓練結束後，聽你說一聲『辛苦了』然後接受你溫柔的擁抱，之後再讓你細心地為我按摩紓緩訓練帶來的疲勞——我絲毫沒有這些想法，所以請你別誤會。」

「那當然。」

「不過，如果你自願那麼做，我也不會拒絕你的好意。」

櫟小姐望著我的眼神閃閃發光。她是什麼意思？

我稍微思考了一下，雖然覺得不可能，但還是回答道：

「……所以，我要在訓練後抱抱楪小姐，然後替妳按摩……？」

「是、是嗎？不，我沒有要強迫你的意思，不過如果你願意為我那麼做，我也很樂意接受你的好意！」

楪小姐高興到都要跳起來了。那似乎是正確答案，真的假的？

——根據我的觀察，楪小姐有時候會像剛才一樣，迂迴地表達自己的想法。

雖然乍看之下肯定是傲嬌，不過楪小姐絕對不會用那種態度面對人吧。

那肯定是高等貴族獨有的表達方式，蘊含了什麼意義深遠的隱喻。

她與我和鈴葉不一樣，我們是聽到人家說「是否要來碗茶泡飯」暗示送客時，真的吃了茶泡飯才離開的人。

實際訓練的情況，令人相當失望。

在訓練的第一天，隨著開始信號響起，訓練場上的私兵們竟然都無視楪小姐，全部向我發起攻擊。

「咦咦咦……好弱！」

公爵家的私兵實在太弱了，使我不禁如此脫口說出心聲。

這樣子別說一個人了，就算所有私兵一起攻擊，也難以打倒一隻魔獸。

不對，所有人一起上的話，是能擊斃一隻魔獸，不過憑他們弱小的實力，有人因而死亡也不足為奇。他們所有人就是弱到這種程度。

根本連訓練都談不上。

「嗯……這是怎麼回事……？」

公爵家的僕從、女僕，還有文官明明都那麼優秀，為什麼就只有私兵這麼弱？真奇怪。

「……不，那只是因為你太強了……？」

「櫟小姐，妳剛才有說什麼嗎？」

「沒什麼。來吧，向大家展現你的實力，讓他們打從心底敬佩你。這麼一來，等你入贅公爵家的時候，就會少一個反對的勢力了——！」

櫟小姐好像說了什麼，但我因為訓練場上的戰鬥聲，沒聽清楚。

於是從開始訓練，一直到橙子小姐抵達的這段時間。

櫟小姐的心情不知為何急遽好轉。

鈴葉的心情不知為何成反比，急遽惡化。

2

橙子小姐一到達，我不知為何馬上受到傳喚。

「鈴葉兄，你跟我解釋一下，到底是怎麼回事！」

「……我怎麼了嗎？」

「三個和我國沒有邦交的國家，突然全都要求歸附我國了！」

「咦？」

我不太清楚她在說什麼，於是開口詢問。

然後就從橙子小姐的口中得知，原來有三個國家一直讓她很煩惱。

儘管這幾個國家的領土都很小，但由於他們擁有貴重的特產，或者居住著有力部族，因此歷代國王都曾多次嘗試親近那些國家，不過每次都被拒絕，是情況有點複雜的國家。看來那三個國家都相當封閉。

橙子小姐登基成為女王後，當然也有派遣使者前去，但對方的反應非常冷淡。

然而。

最近那三個國家，似乎突然來信詢問是否能歸附於洛賽魯麥爾王國。

「呃……恭喜妳？」

「是很值得慶幸沒錯啦！可是不對吧──！」

「不是，妳要我解釋，我也不知道該說什麼啊。」

「如果是我的策略成功了，或是發生了什麼大事件，那我能理解！可是這次完全不是！他們突然提出那種請求，完全沒有任何前兆！那就只可能是鈴葉兄又做了什麼啊！」

太冤枉了。

不過為了預防萬一，我先問了那三個國家的名字。

「奇怪？我怎麼好像在哪裡聽過？」

「因為那都是我之前建議鈴葉兄去收集情報的國家。」

「……橙子小姐，妳打算讓我去那種國家嗎？」

「事到如今，我怎麼可能讓鈴葉兄去普通的國家呢。」

算了，她當初也說過那些是和我國沒有邦交的國家。

不管怎麼說，先解開橙子小姐的誤會好了。

「我先說清楚，我什麼都沒做喔。」

「……真的嗎？」

「因為我沒有去那幾個國家。啊，對了。」
我本人沒有去，不過有拜託身為女僕的奏代替我收集情報。
我對一直待在我背後待命的奏問道：
「欸，奏，妳知道些什麼嗎？」
「……抱歉，奏還沒有收集到主人想要的情報，目前還在收集情報的初期階段。」
「是這樣啊。」
「女僕都知道那三個國家很封閉，所以她們先發動政變，將官方高層替換成傾向歸附王國的派系，這樣收集情報會更容易。」
「原因絕對就是這個啦！」
真是太令人驚訝了。
就因為我委託女僕收集情報，在我不知道的地方就發生了政變，而且還是三個地方。
「對不起，橙子小姐，看來起因是我。」
「我、我了解了，這是沒關係……不過那些事是女僕自作主張進行的嗎？」
「好像是，不過女僕的責任當然就是我的責任。」
「不，那對我來說是幫了大忙，所以我反而很感激……不過，沒想到那真的不是鈴葉兄做的……！但既然是鈴葉兄的女僕做的，還是等於是你做的吧……？」

橙子小姐好像在為很失禮的想法煩惱。

先預設是我惹出來的事不太對吧。

之後我和橙子小姐交換情報，並告知她我們對於山銅的了解。

橙子小姐已經知道我在公爵領清剿盜賊和魔獸的事了。不愧是女王，消息真靈通。

而橙子小姐接下來的行程和我耳聞的一樣，會前往聖教國，履行登基為女王後的問候。

「所以會和傳聞說的一樣嗎？會用幾十台馬車裝滿堆積如山的禮物，和妳一起前往聖教國。」

「不，要是帶著那麼多東西，不知道要花多少時間才能到那邊，所以禮物會另外運送，和我同行的只有護衛。」

「原來如此。」

聊著聊著，我抓準時機，拿出碎裂的寶珠。

「橙子小姐，請妳看看這個。」

「嗯……這是什麼？」

「我們在泡溫泉時出現了邪蛇，把它解決掉，做成料理後，在牠體內發現了這個。」

「這是怎麼回事！」

聽我詳細解釋完後，橙子小姐張大了嘴，似乎感到相當驚訝。

「櫻木家初代公爵的耶夢岡得傳說……原來是真的啊……」

「不過牠一點也不厲害就是了。」

「別鬧了，鈴葉兄對實力的評價一點都不可信。」

什麼啊，好過分。

橙子小姐不顧大受打擊的我，專心觀察起那顆碎裂的寶珠，有時讓陽光穿透寶珠，還對它詠唱了某種咒語，但最終放棄似的高高舉起雙手。

「沒辦法，魔力已經流失了，無法判斷它有什麼功用。首先得修復它才行。」

「要怎麼做才能修復它？」

「若是普通的寶珠倒是簡單，但這顆寶珠可能是最高級的魔道具。就算我是個優秀的魔法師也沒辦法處理，得由專業的魔道具術士才能修復。不過國內沒有──對了！」

橙子小姐面露光彩奪目的表情，轉向我說道：

「欸，鈴葉兄要不要和我一起去聖教國？」

「去聖教國？」

「對啊！我國沒有能修復這種高級寶珠的魔道具術士，不過聖教國肯定有！而且要是鈴葉兄願意一起去，接下來的護衛費用也能全部省下來！欸，鈴葉兄，你覺得如何？」

「呃，我是沒有問題啦……？」

我不知該如何是好，轉頭望向鈴葉她們。

「我覺得這是個好主意啊，哥哥。比待在這裡訓練公爵家的私兵更有意義。」

「奏也贊成。還能和已經潛入聖教國的女僕交換情報。」

「嗚妞——！」

看來大家都很贊同。

除了櫟小姐以外。

「我、我是覺得鈴葉的兄長繼續待在我家也很好……這樣還能繼續和我一起訓練……」

「是嗎——欸，櫟，聽說妳趁我這個摯友不在的時候，和鈴葉兄過得很開心嘛。妳們自己和鈴葉兄一起去泡混浴溫泉，還請他幫忙訓練私兵，甚至跟他做了很多——」

「唔！」

「偶爾聽聽我的請求也沒關係吧？」

「……你聽好了。我以非常不情願，悲痛欲絕的心情同意橙子的提議……！」

不是，妳這麼難受地對我說這種話也沒用啊。這麼心想的我應該沒有錯吧。

總而言之。

我們一行人決定和橙子小姐一起前往聖教國。

3（橙子的視點）

深夜時分的櫻木公爵本家宅邸。

本家宅邸是櫻木公爵領的象徵，像要展現與王室間的深厚關係，此處設有王室成員專用的客房。

這間專用客房大約增建於八百年前，為了招待國王入住，精心打造得極其奢華，也可說是公爵本家宅邸的精華。由於歷代國王大多都不喜歡華麗的裝飾，整體裝潢相當低調，但每一處的精緻設計無不展現出國寶級的優美。

身為女王的橙子所住的當然——不是那間王室成員專用的客房。

原因非常簡單。

這全是家宰塞巴斯汀搞的鬼。

「——真是受不了。那個家宰絲毫沒有對我這個女王的敬意！我明明是女王！」

在公爵本家宅邸第二尊貴，也就是王室成員之外的人能使用的最高級客房中，橙子氣鼓鼓地表達自己的怒氣。

與她對話的楪只能面露苦笑。

「因為他是塞巴斯汀嘛。」

「妳看看這個房間！他說是誤把鈴葉兄他們安排到王族專用的客房，所以才讓我住在這個地方，那個既冷酷又能幹的無情執事！怎麼可能會犯下這種失誤！要是他無能到會犯下這種失誤，他早就因為不敬之罪被賜死上百次了！」

自從擊敗邪蛇回來後，鈴葉的兄長一行人借宿的客房就換了。

他們被帶到即使是外行人也能看出格外高級的客房，鈴葉的兄長因此反覆詢問原因，但親自帶他們到房間的家宰堅決要如此安排。

這麼做的意義只有一個。

——櫻木公爵家的家宰，認為鈴葉的兄長是「更有地位」的人物。

「反正橙子也不是因為房間分配而生氣的吧？」

聽到楪這麼說，橙子坦率地點了點頭。

「那當然——櫻木公爵家最高級的客房，比櫻木公爵家家主的房間還要高級，建造當時完全不計時間成本，可謂是宅邸中的精華。所以能使用那間客房的人，地位必須比公爵家家主更加崇高——我知道這件事。」

「正是如此。」

照理來說，地位比公爵家更高的只有王室，因此才會被誤以為該客房是王室專用的。但實際上，只要櫻木公爵家的人認定客人的地位比家主更高，即使不是王室成員也無妨——比如某位擊敗了領地傳說的邪蛇的邊境伯爵。

「就算我這個風姿綽約的天才美少女魔法師是現任女王，我也不會天真到認為自己的地位比鈴葉兄還高。況且在我眼裡看來，鈴葉兄不僅救了我的命，也救了我的國家，我當然很樂意把最高級的房間讓給他。」

「這樣不就好了嗎？」

「是這樣沒錯！不過別那麼隨便帶過，好好解釋清楚嘛！怎麼可以隨便裝傻就算了！」

橙子雖然這麼說，但這實際上是個不講理的難題。

因為若要解釋，只意味著櫻木公爵家承認「鈴葉兄長的地位比現任女王還高」。

這相當於直接挑釁王室，實在無法如此明說，因此只能佯裝是犯了錯來蒙混過關。

儘管兩人都明白這一點，但橙子想對那個對她過於隨便的家宰抗議：「給我表現得更有歉意一點！」

不過——橙子心思一轉。

「這樣一來，櫻木公爵家最後的堡壘也淪陷了啊。鈴葉兄等於真正征服了公爵家吧？」

「塞巴斯汀是我們家中最謹慎的人，而且他也多次阻止父親大人進行大規模投資而免於損失，所以有很多事都得仰仗他。」

「不過，這樣的人也對鈴葉兄感到佩服，真的太有鈴葉兄的風範了……」

橙子心想。

即使鈴葉的兄長毫無自覺地發揮他的作弊能力，也希望他能稍微克制一點。

不然情況就會像這次的櫻木公爵家家宰一樣。

他會毫無自覺地創造出大量信徒——

*

兩人繼續聊了一陣子後，一道輕輕的敲門聲響起，使樑心生疑惑。

「是誰？」

「啊，是我叫來的。進來吧。」

「……嗯。」

進入房間的人是鈴葉兄長的女僕，奏。她獨自一人。

「妳有跟鈴葉兄說嗎？」

「沒有。不能因女僕的私事為主人帶來麻煩。」

「這樣啊。」

橙子之所以想不經由鈴葉的兄長直接與奏對談，是因為橙子想談的內容，是在他面前可能會有所顧忌的話題。

「我就直截了當地說了，妳想不想成為王室的女僕？」

「……什麼？」

「喂，橙子，妳想挖角鈴葉兄長的女僕嗎？妳這樣很糟糕耶。」

「才不是啦！」

這次橙子邀請奏來時，是對她說「我想談談妳的未來。就算鈴葉兄在場也沒關係」。

之所以沒有找鈴葉的兄長，是因為她想先聽聽奏本人的想法。

不是因為如果先詢問鈴葉的兄長，被拒絕的話會很難為情。絕對不是。

「我聽鈴葉兄說過，奏是城堡裡唯一的女僕對吧？」

「……對。」

「鈴葉兄十分稱讚妳，他說妳是萬能的超級女僕，聽說妳特別擅長打掃？」

「……沒有那麼厲害，不過奏確實擅長打掃。」

儘管奏進房後一直都面無表情，但看著她抬起鼻子的模樣，一眼就能看出她現在心底高興得不得了。

「可是呢，鈴葉兄也很擔心妳。妳沒有一起工作的夥伴，也沒有年齡相仿的朋友，他曾問過我有沒有什麼好方法，能讓妳交到年齡相仿的朋友。」

「……不成問題。而且女僕是生存在黑暗中的存在，女僕之道即謂死。」

「這是哪門子的女僕啊！」

楪不禁吐槽，但橙子當然也有同感。

「所以我想了想，覺得妳可以來我這邊試試。」

橙子的計畫簡單明瞭。

照鈴葉的兄長所說，奏作為女僕的能力無庸置疑。

所以她打算接手奏，讓她成為王室的女僕，相對地派遣一些王室的女僕至羅安格林城。

王室的女僕部隊是人數超過千人的大部隊，也有許多與奏年齡相仿的孩子。

而且考慮到奏似乎也很擅長收集情報，王室中也有情報部隊，所以她適合的話，也能在那裡學習看看。

然後讓她在王室工作幾年，直到成年再回到羅安格林城——

奏聽完橙子的話，哼了一聲後說了一句：

「別自大了，小丫頭。」

「妳才是小丫頭吧！」

「奏真正的主人只有現在的主人，妳這小丫頭根本沒辦法比。而且奏收集情報的能力很完美，沒有學習的必要。」

「哦？那橙子現在的煩惱是什麼？」

「胸部的大小輸給了鈴葉。」

「妳妳妳、妳少囉唆！我才不在乎這種事！」

「別在意，橙子，這種小事根本無所謂。不過我還是比較大就是了。」

自己下定決心不對任何人說的祕密突然遭到揭露，橙子全力否認。

「別在意，橙子。不過奏還在發育期，還會變大就是了。」

「我也還在發育期啦！」

失去理智的女王、公爵千金以及女僕，三個女人之間的爭鬥就這麼展開了。

而在她們樓上的房間裡。

「——哥哥，我們要不要久違地一起睡？」

「妳怎麼了，鈴葉？居然會說這種話，真難得。」

「因為今天是絕佳的好機會……不是，是因為我覺得會作可怕的夢。不可以嗎……？」

「真受不了妳。」

某位妹妹像這樣用巧妙的說辭，成功讓兄長答應陪自己睡覺。

翌日早晨，得知這件事的三位女孩子似乎都氣得直跺腳。

4

道別公爵本家宅邸後，我們一行人與橙子小姐一起前往聖教國。

不過橙子小姐將陪她來到這裡的護衛部隊遣返王都了。我問她這樣是否沒問題後。

「因為鈴葉兄和櫟都在嘛，我的護衛部隊就算跟來也只會絆手絆腳吧？」

橙子小姐這麼說。

我不懂自己同行能有什麼貢獻，但是不得不認同有櫟小姐在，就能以一抵百。

此外，橙子小姐也讓馬車和護衛部隊一起返回，這樣也能輕鬆行經沒有道路的路線。沿著道路前往聖教國要繞一大段路，所以這樣對縮短旅程也大有幫助。橙子小姐是女王，身分地位和我大不相同，她要是愈晚回王都，累積的工作也會愈多吧。

不過，只有一個問題隨著遣返馬車而產生。

「欸欸，鈴葉兄，讓我坐在你的肩膀上啦～」

「為什麼啊？」

在我們偏離街道，進入森林時，橙子小姐對我提出了這個奇怪的請求。

「哎喲，因為馬車已經返回王都了，我又和鈴葉兄你們都不一樣，是個魔法師喔，所以一直走路的話，腳會痛啊。你看看，我的腳都變壯了。楪和鈴葉也這麼覺得吧？」

「橙子的大腿一直都很結實就是了。」

「話說哥哥，你不覺得橙子小姐的大腿比普通的騎士還要粗壯嗎？她肯定能自己好好走路。」

「閉嘴閉嘴！我是女王，是孱弱的魔法師！還是文科的！」

「好好好，上來吧。」

不論橙子小姐說的是不是真的，她的話確實有道理。

於是我讓橙子小姐坐在我的肩膀上，繼續前行。

她真的很不像女王。這個感想就不說出口了。

即使旅伴多了橙子小姐一個人，一路上也沒有什麼不同。

時而遇到老虎或熊，隨即被鈴葉一腳踢死。

時而發現巨鷹，隨即被楪小姐用小石頭擊落。

時而遇見蛇，隨即被奏痛打一頓。

大家好像都特別賣力，可能是想在橙子小姐面前表現一下吧？畢竟有機會受女王青睞，而且表現給我看也沒有好處。

沒事可做的我就一邊走一邊和橙子小姐聊天。

「——所以橙子小姐其實不想去聖教國嗎？」

「對啊。而且他們傳喚我的理由也很明顯～我是想無視他們，不過這麼做實在不太妥當。」

「理由是什麼？」

「當然是鈴葉兄啊。」

「咦咦咦！是我嗎！」

她突然提到我的名字，使我無比驚慌。

畢竟我根本沒有做出會引起聖教國注意的壞事……應該吧。更何況是嚴重到身為女王的橙子會受到傳喚的事——

「不不不，這不是因為你犯了什麼錯。」

「楪小姐。」

「這是我的推測，應該是你的活躍表現太過引人注目了，聖教國的人也對你產生了興

趣，不是因為你做了什麼壞事。」

「一定就是這樣。他們居然現在才注意到鈴葉兄，我覺得有～～點太慢了！」

「算啦，別這麼說。以有權力傳喚橙子的勢力來說，反應已經算快了。」

「哪有，都把山銅當作禮物送人了，就算是蠢蛋也會注意到吧——啊，鈴葉兄，我有一件事忘記跟你說了。」

「什麼事？」

「聖教國名義上的領袖是聖女，等你見到她後，或許會很驚訝。」

「咦？」

「雖然只是女王去拜訪的話，通常會由主教隨便接待一下，所以聖女是絕對不會出面的～～不過要是我帶鈴葉兄前往，她絕對會要求見你一面。而且我們還有山銅和修復寶珠的事，所以我想出面接待的人應該會是聖女。對吧，楪？」

「那位聖女殿下啊。鈴葉的兄長見到她後，肯定會大吃一驚。」

「呃……她到底是什麼樣的人……？」

「好啦好啦，到那邊就知道啦。」

聽她這麼說，我也無法再問下去了。

5（樸的視點）

既然不是沿著街道旅行，自然無法避免在野外露營。

在深邃的森林深處，一名青年的平靜呼吸聲有規律地傳來。

這名青年實際上是一個大國的邊境伯爵，也是這片大陸上最重要的人物，但從他的外表完全看不出來。這或許和他毫無自覺有關。

而緊抱著青年手臂睡覺的人，是一名穿著女騎士學園制服的美少女。她的臉龐還有些稚氣，胸前卻豐滿得不像話。

少女將過於豐滿的雙峰緊緊貼著青年的手臂，幸福地嘀咕著夢話。

「哥哥，我親手做的料理怎麼樣……非常好吃嗎？太好了……咦？可是你最想吃的是我嗎……好、好的，請你盡情享用……！」

在她身旁，有兩名少女清楚聽到了這段傻氣十足的夢話。

這兩名少女自然就是樸和橙子。

「橙子，妳知道嗎？鈴葉親手做的料理根本慘不忍睹。」

「樸，妳怎麼會知道那種事？」

「她偷偷練習時，我撞見過很多次。她簡直就是製造焦炭的機器。雖然我也沒資格說別人，不過人都會有長處和短處。」

即使是會做飯又會戰鬥的鈴葉兄長，也不擅於面對貴族間的爾虞我詐和男女之情。樑認為這就是所謂的適材適所。

「對了，橙子。我想趁這個機會問妳一個問題。」

「什麼問題？」

「我聽說妳將來打算把王都遷到羅安格林邊境伯爵領。」

橙子瞪大了雙眼。

「我還沒告訴任何人才對——啊，有個人知道。是公爵告訴妳的吧？」

「準確來說是家宰塞巴斯汀告訴我的。」

「嗯，我確實是有那個打算，不過不曉得那是在多少年後就是了～」

「我不懂妳為什麼想那麼做。」

樑搖了搖頭說：

「我親身在那裡住過幾個月，所以很清楚那個地方真的是很偏遠的邊陲地帶，畢竟那裡的地形非常不適合輸送物資。祕銀和山銅是很有吸引力，但遷都也太超過了吧？」

「嗯，通常都會這麼想吧。」

「……該不會是因為鈴葉的兄長吧？」

「那當然了。」

櫟透過目光催促橙子詳細解釋清楚。

橙子微微聳了聳肩說道：

「如果羅安格林邊境伯爵是普通的貴族，我當然不會有遷都的想法，畢竟那太麻煩了。為了防止有人叛亂，必須嚴格控管祕銀和山銅的流通量和兵力，同時負責繁瑣的管理事項，一有叛亂的跡象就要立即鎮壓。」

「嗯，那是最基本的條件。」

櫟在心底苦笑，心想若是只聽到她那番話，會令人覺得她是個暴虐無道的女王，不過要是領主辦不到那些事，王室就該立即將領地收回，由王室自己掌管。

山銅的產地就是如此過於誘人的果實。

「不過，為什麼不一開始就收歸王室呢？」

「補償的金額太高了，付不起。」

「這倒是。」

的確，如果要交換一座山銅礦山，櫟的父親應該要將櫻木公爵家整片廣大的公爵領交出去。即使如此，這對公爵家而言理應仍是一筆利益過於豐厚的交易。不過倘若真的發生這筆

交易，公爵家願意放棄歷史悠久的公爵領的可能性大概五成。大陸上唯一一座山銅礦脈的價值就是如此高昂。

「總之，要是領主是普通的貴族就是這樣。不過剛才說的那些呢，對於鈴葉兄來說已經完全不適用。」

「為什麼？」

「就算有叛亂的跡象，叛亂的那些人要怎麼打倒鈴葉兄？」

「確實完全不可能。」

樑迅速想過種種可能——絕對辦不到，嗯。

樑的腦海中，清晰地浮現數百萬名王國聯合軍被鈴葉的兄長單方面痛打的場景。不行不行，絕對贏不了。

就算有一百個被稱為殺戮女戰神的她，樑也覺得鈴葉的兄長會贏，根本是一場沒有贏面的遊戲。

「不過鈴葉的兄長對羅安格林邊境伯爵領和山銅都沒什麼興趣。橙子只要拜託他換一下領地，他應該會答應吧？」

「不能那麼做。就像我剛才所說的，我們付不起代價，而且如果隨便解決的話，在外人眼裡看來就像王室輕視鈴葉兄，那會是最糟糕的情況。」

「那樣確實很不妙。」

「而且我認為，遷都的好處最終會多過壞處。」

橙子這番話過於令人意外，使樑懷疑起自己的耳朵。

「所以妳的意思是就算沒有這些原因，王國也該積極遷都？」

「就是那樣。」

「我不明白。雖然有鈴葉的兄長在，確實具有無與倫比的防衛能力和安全感，但那樣還是不足以顛覆物資難以流通的壞處。」

「單看這方面的話確實如此。不過樑，妳是不是忘了他的某個長處？」

「什麼？」

聽到橙子這麼一問，樑仔細思索。

鈴葉的兄長當然有許多完美的優點。

好比做飯好吃，按摩技術一流，還有……

「樑也不明白嗎？——是指導能力啊，指導能力。」

「什麼？」

「妳想想看嘛。鈴葉兄一直在教導鈴葉怎麼戰鬥，最近也會陪妳訓練吧？可以說他就像是妳們兩人的師父。」

「現在聽妳這麼一說，我也沒辦法反駁……不過我將來會成為他的夥伴。」

「那不是重點。然後，現在除了鈴葉兄，鈴葉和楪都是這片大陸上前五強了吧？妳覺得除了鈴葉兄，還有誰能做到這一點？」

「絕對不可能。」

「所以，這不就意味著鈴葉兄的指導能力是最厲害的嗎？」

「不，等等，橙子，妳這樣說好像……也沒錯？」

就楪所知，鈴葉的兄長並不是擅長教導他人戰鬥的人。

真要說的話，他是一個自學成才的天才，所以也很常憑感覺給予指示。大概就像是「對手的拳頭咻地打過來時，要是有遭到壓迫的感覺，就要快速積蓄力量，啪地出拳」這樣。

楪一臉苦澀說道：

「欸，橙子，我實在無法接受妳這種說法耶……？」

「不過，和鈴葉兄一起訓練會很有幹勁，而且他的按摩技巧很棒，受他指導的人從結果來看就是會變強。沒錯吧？」

「這我確實是沒辦法否認……」

「所以，我打算儘快蓋一間王立最強女騎士學園的分校，地點當然是在羅安格林邊境伯爵領的領都。如果能培育出十名左右的女騎士，即使實力是楪或鈴葉的一半，那就已經是超常戰力了。」

「嗯……」

樑明白橙子想表達的意思。

先不論自己的夥伴是否有指導能力……和他一起訓練的人，實力確實會飛躍性地提升。

可是……

「那樣的話，我和夥伴一起訓練的時間就會減少了啊——！」

樑在心中暗自發誓，絕對要思索出一個計策來破壞橙子的計畫。

6

翻越許多山脈與河川後，我們終於抵達了聖教國。

橙子小姐曾說過這裡就像是個城邦，但我感到相當驚嘆。

警備相當森嚴，光是進城就費了一番工夫。

雖然橙子小姐的女王之力讓我們享受到特別待遇，不用等待就能直接入城，但若是平民為了朝聖想進城，聽說等一整天是很正常的情況。

此外在這個國家，除了少數人，其他人都禁止進入大聖堂所在的中心區域。

所謂的少數人基本上是主教以上的高階聖職者，以及聖教國認可的國家王族。也就是說我當然沒那個資格，但不僅是身為公爵家直系長女的樸小姐，就連她的父親公爵家家主都不行，所以令人誠惶誠恐。

換句話說，我們這些人都只能作為橙子小姐的隨扈進入。

「怎麼樣？這個國家強勢到讓人不舒服吧？」

「啊哈哈……我覺得樸小姐應該有能力強行進來。」

「如果你要我跟你一起闖進來，我是不反對。」

「我才不會提出這種要求！」

我們就這麼聊著聊著，走進中心區域。

不愧是如此嚴格限制人員出入的中心區域，這裡的景色十分壯觀。

感覺只會存在於畫作中的豪華大聖堂，這裡就有好幾座。

我們將在這個區域的正中心，最為輝煌的大聖堂謁見聖女大人。

「橙子小姐，聖教國的領袖是聖女大人對吧？」

「表面上是這樣沒錯～實際上教皇，樞機主教和大主教都擁有各自的權力，似乎相當錯綜複雜喔。」

「聽起來好難懂……」

「姑且不論其他人，至少聖女和我國關係很好。」

不曉得是不是因為這個原因，最終由我和楪小姐一起陪同橙子小姐謁見聖女大人。鈴葉她們不得不在別的房間等候。

＊

我完全懷著拜見大人物的心態進入謁見室。

當聖女大人出現時，我驚訝萬分。

因為出現在謁見室的聖女大人，和橙子小姐長得一模一樣。

她完全就是身穿白色禮服，頭戴箍冠的橙子小姐。過於出眾的身材當然也和橙子小姐完全相同。

「咦……有兩個橙子小姐？」

「嘿嘿～～嚇到了吧。聖教國的聖女呢，是我的姊姊。」

「就是這麼回事。初次見面，羅安格林邊境伯爵。」

「啊，妳好！請多指教。」

我連忙回話致意，隨後據聖女大人所說。

這位聖女大人天生就擁有比橙子小姐還強大的魔力。

因此她從小就被送到聖教國，成為次任聖女的候選人。

在經歷過許多事情後，順利成為了聖女。

「原來是這樣。真了不起！」

聽到我說出率真的感想，這位與橙子小姐長得一模一樣的聖女大人優雅地搖了搖頭。

「不，羅安格林邊境伯爵更了不起。」

「哪裡哪裡，您過獎了。」

「你不必自謙喔。儘管我對他國的消息不甚了解——但我聽說你殲滅了大群巨魔，拯救了這片大陸，還阻止政變，救了橙子一命。」

「那是碰巧啦。」

「即使是碰巧的，但這兩件事發生時，就連身處其中的楪都做不到也是事實。就連那位殺戮女戰神也無法辦到的事，這世上又有幾位勇士能在碰巧遇到的情況下解決呢？」

「不、不是的！在對付那群巨魔的時候，楪小姐也有一起奮戰，打倒了很多巨魔，政變那時她也很成功地吸引了敵人的注意力！」

聽到我慌張解釋後，楪小姐一臉難看地對我耳語：

「……這個聖女和橙子一樣毒舌。雖然她們兩個連這方面都一樣，但是姊姊的性格更加糟糕。」

「楪，我聽得到喔。」

「……那、那個，我明白妳們關係很好了。」

這位聖女大人，外表明明是白色版本的橙子小姐，內在卻是黑暗版本的橙子小姐。居然會有這種事。

而橙子小姐絲毫不介意聖女大人的態度。

「雖然很久沒見了，但姊姊看起來還是一樣很有精神呢。我放心了。」

「那當然。我的病要贏過我還早得很呢。」

……聖女大人生病了嗎？

橙子小姐對心生疑惑的我說道：

「其實啊，有種只有聖女才會染上的病，既罕見又特殊。我姊姊就患上了那種病。」

「嗯，這也是無可奈何，這是聖女的宿命嘛。」

聖女大人的態度淡然，所以我沒想到會是那麼嚴重的病。

……在此時是如此。

「對了，羅安格林邊境伯爵。」

「什麼事？」

「聖教國正在物色新的樞機主教人選，你有興趣做看看嗎？」

「等等，姊姊！」

「不，那個，我不是那麼虔誠的人，抱歉。」

「那不要緊。我雖然成了聖女，但說實話，我的信仰比平常人還淡薄唷，和普通平民沒什麼兩樣。」

「這種事好像不該自己坦承……？」

「如果羅安格林邊境伯爵有意願，我可以動用我所有的權力，把你推上樞機主教團的末座。之後怎麼發展就看你的才能了——你要不要打倒那些貪汙腐敗的虛假聖職者，和我一起稱霸天下呢？」

她頂著橙子小姐的長相說出這種話是最可怕的。

至於真正的橙子小姐。

「別別別、別說傻話了！鈴葉兄會和我一直待在一起！」

「喔呵呵呵呵。」

「別搶走鈴葉兄！姊姊這個笨蛋——！」

……這好像是我第一次見到像孩子一樣鬧脾氣的橙子小姐。是因為女王連日繁忙的工作

讓她太過疲勞了嗎？

至於櫟小姐。

「嗯……我成為聖女，而我的夥伴成為教皇……感覺很可以……」

她自言自語地說著奇怪的話，獨自露出詭異的笑容。

在那之後，恢復冷靜的橙子小姐和聖女大人順利展開了對談。

過程中，我會回答聖女大人一些問題。

每當聽到我的回應，聖女大人都會誇張地表現出吃驚，讓人滿開心的。

這種顧慮他人的體貼，就是居於高位之人的特質吧。

「——所、所以邊境伯爵為了救橙子，獨自潛入了王城嗎？還不顧自身安危！自願潛入下水道，去拯救被囚禁的公主——唔喔～～這真是太熱血了——！」

「等等，鈴葉兄！我已經夠不好意思了，別再說了吧……？」

「那麼當你救到橙子的時候，是什麼情況！」

「那時候橙子小姐被宰相用刀刺中了胸口，我因此慌得不得了了。」

「宰相呢！那個邪惡的宰相後來怎麼了！」

「我好像不自覺地把他打飛了，是後來有人告訴我，我才知道的。畢竟那時候我的眼裡只看得到橙子小姐。」

「呀——！根本是騎士（Knight）啊——！」

「我、我說鈴葉兄！我們別聊這個了，來談談山銅的情報或是修復寶珠的事吧，拜託你了，好嗎……！」

「那麼，那時候的橙子怎麼樣！」

「橙子小姐的狀態已經糟到說不出話來了，不過她的嘴巴稍微動了動，我就知道她想說什麼了。」

「鈴葉兄！」

「什麼？她想說什麼！」

「這個嘛，呃——」

「我好期待！」

「……一定得說出來嗎？」

「當然必須說。」

「鈴葉兄，不要說！算我求你了——」

「楪，解決她。」

「唔咕！」

「抱歉，橙子……」

「你聽好了，羅安格林邊境伯爵，作為聖教國的聖女，更作為她的親姊姊，我有權知道這件事！橙子的嘴也被堵上了，請你現在說出來！」

「……她說『吻我』……」

「出現了——————————！」

「……乾、乾脆殺了我吧…………」

……唉，我其實也不想繼續說下去，畢竟那件事很令人難為情。

不過，聖女大人給人的壓力實在太大了。

就像是「給我說，要是不給我全部說出來——你知道會有什麼後果吧？」那種掌權者的威壓。

所以我別無他法。

絕對不是因為淚眼汪汪的橙子小姐太可愛，不小心多說了幾句，我肯定沒做錯什麼。

順帶一提，要說後來發生了什麼事。

聖女大人聽到妹妹被拯救的故事，感到興奮雀躍，而在她身邊的橙子小姐化成了純白的

灰燼，逐漸崩毀，而我像隻吉娃娃一樣顫抖，情景就猶如悽慘的地獄。

而在場的眾人中，唯一有立場阻止的樸小姐。

「所以，你親了嗎？你有沒有親她？你們有沒有接吻——！」

她變得和聖女一樣，亢奮無比。

7

回到隨扈專用的客房，我倒在床上。

「好、好累……」

「哥哥，謁見聖女大人的情況怎麼樣？」

「實在太混亂了，我沒辦法說明……」

「到底發生什麼事了啊！」

鈴葉相當驚訝，但我經歷的一切使我遠比她更驚訝，希望她別再追問下去。

在那之後，好不容易才從死灰恢復的橙子小姐淚眼汪汪地狠狠瞪著我，嚴厲地警告我說：「你要是告訴鈴葉她們，我絕對不會原諒你！」

也就是說不告訴鈴葉她們，她就會原諒我吧。太好了。

「總之已經拜託聖女大人了。」

「你說修復寶珠嗎？」

「嗯，聖女大人說她會親自修復。不過因為她要慢慢注入魔力，所以會花很多時間。然後，山銅的情報似乎很難收集。」

「那大概要花多少時間？」

「似乎不太確定。她說快的話要幾年，慢的話需要幾十年。」

「那還真久呢……」

「還有，聽說聖女大人生病了。不過我謁見她時，看來還挺健康的。」

我隨口提起這個話題，鈴葉就發出感嘆的聲音。

「她罹患聖女病了嗎……既然如此，寶珠可能很難在聖女大人還在世的時候修復完成。我聽說患有聖女病的聖女都很短命。」

「聖女病？」

「據說那是只有聖女大人才會罹患的疾病，所以被稱為聖女病，不過那當然只是俗稱。我記得不是很清楚，不過聽說罹患那種病後，能活到三十歲的聖女很罕見。」

「妳說的是真的嗎……？」

「這件事不是非常有名，但還是有一定的知名度。我在騎士學校也有聽說過。」

因為她看起來非常健康，我完全沒想到會是那麼嚴重的病。

「……這樣啊……」

她是橙子小姐的姊姊，我希望盡力為她做點什麼。

儘管我這種人能做的事微乎其微。

但或許，至少可以為她減輕一點痛苦吧……？

「欸，鈴葉，奏在哪裡？」

「她剛才說要去打掃就出門了……啊，她回來了。」

「隨傳隨到。」

「呃，奏，妳不用負責這裡的清潔工作啦。」

「這是主人的住處，他們的標準太低，所以奏把這裡澈底打掃了一遍。你要誇獎奏。」

「這、這樣啊……妳工作好認真，很棒喔，奏。」

畢竟是奏，應該不會妨礙到這裡的女僕吧。

總之，我摸摸她的頭後，奏像貓一樣瞇起了眼睛。看起來很高興。

「我有件事想請奏幫忙。」

「什麼事？」

「妳能不能幫我調查這棟建築物天花板夾層的情報？」

「交～～給奏吧。」

我不抱期待地請求道，奏卻馬上答應了我。

我家的女僕這麼優秀真是太好了。

*

我和橙子小姐一起謁見聖女大人的當晚深夜。

我利用奏告訴我的天花板夾層路線，去見聖女大人。

就等同於沒有警備一樣。

我一路上都沒迷路，來到聖女大人房間的正上方。我透過天花板的縫隙窺探房內的情況，便見到聖女大人躺在床上，難受地不停咳嗽。

那模樣和白天時不同，看起來相當痛苦。

即使我從天花板探出頭來，她也沒有察覺，在我揮手好幾次後，她才注意到我。

「——你是——！」

「妳好，我想和聖女大人聊聊就過來了。我可以下去嗎？」

「可、可以……」

我從天花板跳進聖女大人的寢室後，她在床上坐起身。

「謝謝。」

「……羅安格林邊境伯爵真是一位大膽的人呢……」

「沒那回事啦。」

一般來說，我就算再怎麼想和人交談也不會做出這種事。

但聖女大人和橙子小姐是姊妹，而且兩人的關係感覺也很好。

之前和聖女大人聊妹妹橙子小姐的話題時，也意外地聊得很熱烈，也出乎意料地藉此和她消除了隔閡。

感覺她是有人做錯事後，對方哭著對她下跪道歉，就會一臉為難地原諒他的那種人。

——所以當我以此為由，解釋並不是我大膽後，聖女大人用不解的表情看著我。

「不過這不是邊境伯爵從天花板潛入我房間的理由啊。」

確實如此。

我可不是變態，只因為能從天花板潛入別處就到處亂闖。

「可以告訴我為什麼嗎？」

「我聽說妳生病了，所以我想來問問看有沒有什麼能幫忙的。」

「你可以在白天時問吧？」

「抱歉，我是事後才聽說妳得的是重病。」

「真是拿你沒辦法呢——」

聖女大人嘆了口氣後說：

「那我就直說了——我只剩下幾年的壽命了。」

「咦咦咦咦！」

「據說這種病會讓體內的魔力凝固，最終使人全身變得像石像一樣僵化。而且這種病只有魔力多到能成為聖女的人才會發病，所以也被傳為只有聖女才會得的病。」

「我妹妹的確也有說過，聖女大人能活到三十歲是很罕見的情況，不過妳的病情居然這麼快就……」

「橙子也不知道這件事，所以你要保密喔。」

「我明白了。呃，妳有吃什麼藥治療嗎？」

「頂多只有服用止痛藥。這種病沒有藥物能治療。」

「怎麼會這樣……」

「似乎是因為我體內龐大的魔力失控，才會導致這種病發作。治療方法只有打擊在體內壓制我的魔力，澈澈底底破壞失控的魔力——但是這種事連傳說中的精靈族長老也辦不到。」

畢竟我是聖女。」

橙子小姐也提過。

她說姊姊擁有遠比自己強大的魔力，因此才會被選為聖女候補。

而聖女大人能從眾多候選人中脫穎而出，被選為繼任者，可想而知她的魔力量到底有多龐大。

「請問，有沒有什麼我能幫忙的──」

「沒有，最多只有為我祈禱，希望我能去天國。」

我得到了預料之中的回覆。

「情況就是這樣，羅安格林邊境伯爵，你可以離開了。」

「好的……不過，最後我只想說一件事。」

「什麼事？」

「我會使用治療魔法，雖然是自學的，但我覺得應該能幫妳緩解一些疼痛。我可以試試看嗎？」

我的治療魔法很簡單，就是不斷注入魔力來治療。

所以對於需要精細的治療，或是魔力較少的人來說反而很危險。

不過聖女大人就不會有問題，畢竟她的魔力量超乎常人。

聽了我的提議，聖女大人微笑著說：

「我很高興能聽到邊境伯爵的提議。」

「呃，可是我的治療魔法有個問題。」

「什麼問題？」

「為了注入我的魔力，我必須和患部緊密接觸。也就是說我要直接觸碰聖女大人——」

「唔————！」

——至於之後的情況。

害羞至極的聖女大人想到了折衷辦法，她坐在我的腿上，而我坐在床上從她背後緊緊抱住她。

聖女大人一開始害羞到耳根都紅了，雙腳還一直亂動。

但不久後似乎因為疼痛緩解了，她就這麼被我抱著，發出平穩的細微鼻息。

結果，我一直為聖女大人施展治療魔法到清晨。

我在朝陽灑落時結束治療，將聖女大人放回床上後離開了。

聖女大人發出安穩的鼻息。

8

不免睡眠不足的我，正在和大家一起吃遲來的早餐時。

餐廳的門被粗暴地「砰！」一聲打開，聖女大人就站在敞開的門後。

「這是怎麼回事——————！」

「咦？什麼？」

「我今天一早醒來精神飽滿，一點痛楚也沒有，而且如廁也無比順暢！」

「呃，那……太好了？」

「嗯，感覺棒透了！不過一點都不好——！」

衝到我身邊的聖女大人抓住我的肩膀，猛力搖晃起來。

她到底怎麼了！

她看起來不像身體不舒服，所以應該不是治療魔法造成了不好的影響。

我用眼神向在一旁看著的其他人求助，然而——

「——嗯，我猜你又做了什麼對吧？」

「哥哥就是會讓女人哭泣的人。反正一定又是毫無自覺地用作弊的能力，救了聖女大人之類的，大概就是這樣吧。」

「平時沉著的姊姊都變成那樣了，原因肯定出在鈴葉兄身上啊～～」

「不過就算是這樣，我怎麼什麼都沒聽說呢？鈴葉知道嗎？」

「我也不知道，看來有必要審問呢。奏，準備道具。」

「……鞭子和蠟燭都準備好了。」

「等等，妳們打算對我做什麼！」

「審問。」

後來我好不容易才成功讓聖女大人冷靜下來。

同時也用盡辦法阻止了奏用鞭子和蠟燭審問我。

都這種情況了，我也沒辦法繼續瞞著昨天的事。

當我把前因後果全部說出來後，橙子小姐面色凝重地點了點頭。

「……原來如此，你沒告訴我或許是對的。要是女王得知有人偷偷進入聖女的寢室還毫無作為，肯定會變成外交問題。」

「就算如此，你可以告訴我這個夥伴吧？」

「跟標小姐說了之後，要是有什麼萬一，不是會給櫻木公爵家添麻煩嗎？」

「唔。那倒也是……」

「呃，哥哥，那我呢？」

「要是告訴鈴葉，妳一定會纏著我說要一起去。」

「一起去又沒關係。」

鈴葉似乎不能接受我這種說法，但我想說怎麼可能會沒關係。

「那聖女大人為什麼會跑過來大吼大叫呢──？」

「那還用問嗎！一早醒來後，我發現邊境伯爵不在身邊，然後身體長年以來的疼痛和魔力阻滯都完全消失了！」

「那是因為我對妳用了治療魔法嘛。」

「如果光是這樣就能消除我的痛楚，那醫生和嗎啡都不需要存在了──！」

也就是說，聖女大人一直認為我的治療魔法會失敗嗎？

她也不可以對我那麼沒信心吧。我這麼心想時……

「……原來如此，我終於明白前因後果了。姊姊會這麼失態，當然是因為鈴葉兄的關係了。」

「我只是施予治療魔法，讓聖女大人的疼痛消失而已不是嗎？」

「你聽好了，通常對不治之症施放治療魔法，也只能暫時減輕痛苦而已，病痛不會徹底消失，更無法解決魔力阻滯的情況。」

這時，橙子小姐面露恍然大悟的表情。

「——我明白了，原來是這樣。」

「呃，橙子小姐？」

「我在想，聖女病不是因為姊姊過多的魔力失控、阻滯所導致的嗎？那可能是鈴葉兄強大到令人吃驚的魔力，蹂躪了姊姊身上不好的魔力，直到消失殆盡吧？所以她的病才會被完全治好，肯定是這樣！」

「咦咦……？」

這怎麼可能。我環視其他人的反應後。

她們不知為何都露出能夠理解這種說法的表情。

「正常的情況下是不可能，但如果是鈴葉兄長的魔力，即使徹底輾壓聖女的魔力也完全不足為奇。畢竟我自己也被夥伴的治療魔法救過很多次了——」

「就連我的心臟被刀子刺穿了，也被鈴葉兄的治療魔法救回來了呢。這樣一想，他能治好姊姊的病也不是什麼怪事……應該吧？」

「這……我的身體真的……？」

我舉起手，對渾身顫抖的聖女大人提議道：

「聖女大人，先請聖教國的魔法醫生詳細地檢查一下怎麼樣？」

「說、說得也是……！」

就算是我，也很難承受心情從狂喜陷入消沉的感受。

我們在聖女大人再次激動起來以前，將她送往魔法醫生的所在處。

9

在聖女大人的檢查結果出爐前，我們決定滯留在聖教國。

我認為這是理所當然的處置方式。

畢竟聖女大人的身體雖然出現了好的變化，但要是檢查結果顯示出這是不好的徵兆，而當下我們已經離開的話，那就糟糕了。

況且我也想確認聖女大人的狀況如何。

「那麼，你下午打算做什麼？」

來到聖教國後的第十天。

我們在吃完午餐後稍作休息時，櫟小姐帶著期待的神情這麼問道。

「下午和我一起在聖教國裡觀光怎麼樣？偶、偶爾就我們兩個人——！」

「聽起來不錯呢。那就大家一起去吧。」

「……好，說得也是……大家一起去吧。呵呵呵……」

櫟小姐的表情不知為何變得有些無力，就在我對此感到困惑時，聖教國的修女來到我們的房間。

似乎是來通知我的。

「……咦？我嗎？」

「是的，沒有錯。聖女大人、教皇大人、大主教大人正等著您。」

聽到修女的這番話，橙子小姐睜大了雙眼。

「等等，那不就是聖教國的三個領袖都到齊了嗎！」

「是這樣嗎？」

「對！以其他國家來比喻的話，他們的地位就像國王、總統和首相啊！」

「那就不能讓他們枯等了。」

我很清楚自己為什麼會被召見。

不管是好事還是壞事，我都不能在這個時候逃避。

「請您跟我來。三位大人只有召見羅安格林邊境伯爵，所以請其他大人在這裡等候。」

「不，等一下，我當然也要一起去！我可是他的夥伴！」

「我當然也要去，因為我是哥哥的妹妹。」

「……三位最高領袖的會議，不允許無關人等參與。」

儘管大家都吵著想跟我一起去，但聖教國實在不可能答應。最終只有橙子小姐作為我們這一行人的負責人，允許與我一同出席。

大家好像都很擔心我會出什麼意外。

我會心懷感激地牢記她們的心意。

＊

聳立在聖教國中心的宏偉大教堂，其頂端有間小房間。

這間華麗絢爛的密室，彷彿將歷史悠久的教會藝術濃縮於一室，要在這個房間裡找出不是國寶的裝飾品，可能反倒更難。

有三人圍著房間中央的圓桌而坐。

一位是我熟識的聖女大人，她的臉色看起來不錯，讓我暫時鬆了口氣。

一位是眼神銳利的健碩老者，擁有典型的軍人氣質，與他的禿頭非常相配。

一位是眼神同樣銳利，卻過於消瘦的老者，看起來像是某個國家的宰相。

「不好意思，把你請來這個地方——」

「沒事，沒那回事。」

根據聖女大人的介紹，像禿頭軍人的那位是教皇大人，像消瘦宰相的人是大主教大人。不管是哪一位，對我來說都是遙不可及的存在。

在彼此都簡短地自我介紹過後。

「——好的，那我們就先從結論開始說起吧。」

我嚥下一口口水，聖女大人則以嚴肅的表情宣布：

「我的病已經完全消失了。」

「也就是說，治好了——？」

「我們集結了聖教國，也就是世界上最高層級的所有魔法醫生，花幾天時間對我進行了澈底的檢查，所以這個結果不會有錯。我們預計會在這幾天向整片大陸正式宣布這件事——不過，我康復的來龍去脈終究無法公開，所以會當成神的奇蹟。」

「恭喜妳！」

「呵呵，謝謝你。這都是羅安格林邊境伯爵的功勞。」

聖女大人特地起身對我鞠躬致謝，我連忙回禮。
她的病痊癒使我欣喜萬分，也同時心生疑惑。
……那麼為什麼要把我叫來這種地方呢？
「你為什麼一臉困惑，邊境伯爵？」
可能是我的心思表現在臉上了，禿頭教皇大人如此問道。
「你治好了我們聖教國的魔法醫生傾盡全力也無法治癒的絕症，我們會想見見你也很正常吧？」
「那只是碰巧的。」
「但是，我們不打算只與你見一面就算了。」
「等一下！我已經叮嚀過很多次，你們只能和他問候一下了！」
聖女大人十分慌張，但教皇大人哼了一聲。
「妳憑藉自己是橙子女王姊姊的身分，不讓我們和邊境伯爵會面是妳的不對。但既然我們像這樣碰到面，情況就不是妳可以左右的了——邊境伯爵，你是否願意和我聯手，將整片大陸納入手中？屆時，我會將一半的世界交給你。」
「你這混蛋教皇在說什麼鬼話！」
「有這位邊境伯爵在，這就不再只是個夢了。畢竟他的力量就連一個國家的軍隊也相形見絀，他還擁有山銅礦脈，更是自變種巨魔手中拯救了整片大陸的英雄，治癒了聖女惡疾的超凡者。只要加上我的智謀和權力……呵呵呵，勝利的美酒唾手可得。」

「別邀請我妹妹的朋友踏上征服世界的路！」

「那、那個，我對征服世界之類的完全沒興趣耶……？」

我姑且婉拒了教皇大人的提議，但他絲毫沒有表現出不快。

「真是個無欲無求的男人。算了，你有那個想法時，隨時來告訴我。我這個教皇會讓你成為大陸的霸主，然後與我一起度過肉池酒林的日子……！」

「你這個教皇不要引誘人家墮落啦！」

「我、我才沒有！而且……」

聖女大人和教皇大人開始了一場莫名其妙的爭吵。

我偷偷詢問身邊的橙子小姐。

「那個……這是怎麼回事？」

「沒什麼好說的。你這個人真是的……」

「咦？我怎麼了？」

「沒事，這不是鈴葉兄的錯啦……該怎麼說，只要掌權者，所有人肯定都打從心底想得到鈴葉兄，感覺就像這種現實就在我眼前極其真實地上演……雖然我早就明白了。」

「喔……」

橙子小姐所說的話同樣讓我大感困惑，完全不懂她為什麼會面露疲憊地嘆息。不過親眼看到教皇與自己的姊姊爭吵，也難怪會心累就是了。

當我想著這些事時。

「你好，羅安格林邊境伯爵。」

「啊。」

消瘦的大主教大人不知何時來到我的面前，向我問候。

我也慌忙地低頭致意。

隨後大主教大人以冰冷的目光望向在一旁繼續爭論的教皇大人說：

「他那樣可不行。」

「……您說什麼？」

「身為執政者，不該急於求成。應該播下種子後細心培育，等待數十年，有時甚至是百年以後再收割，這才是政治。」

「好、好的。」

我不明白大主教大人為什麼會突然來對我說這種話。

但不知道該怎麼說，他就像一個非常正經的政治家。

不過和他比較的對象，是一見面就說要將一半世界分給我的人就是了。

「對了，邊境伯爵，你喜歡的食物是什麼？」

「這、這個嘛，我最近喜歡吃壽司和螃蟹……？」

突然被他這麼一問，我便隨口答出橙子小姐不久前送我的東西。

「這樣啊這樣啊，螃蟹是嗎……呵呵呵……」

「那個……？」

「我會以聖教國大主教的名義，送最棒的螃蟹給邊境伯爵。」

「我沒有想討要的意思啊！」

「不不不，這只是小小的見面禮……絕對不是賄賂，所以請不要在意……呵呵呵……」

「您的笑聲超讓人在意的，可以別那樣笑嗎！」

大主教大人讓我慌了手腳，而我身邊的橙子小姐不知為何一臉凝重地雙手抱胸說道：

「不行……再這樣下去，世界上的掌權者果然都會試圖親近鈴葉兒，想盡辦法消除他們和鈴葉兒之間的隔閡，不停地將生水泥灌進護城河……有沒有什麼能一舉彰顯我方權益的方法……果、果然就只能結婚了嗎……！」

「橙子小姐也別顧著想自己的事了，能幫幫我嗎！」

順帶一提，生水泥似乎是一種用於攻城戰的魔法道具。我第一次聽說這種東西。

10

我們在聖教國待了兩個星期。

聖教國方順利公布了聖女大人惡疾痊癒的消息，我們也沒有繼續留在這裡的理由了，因此我們前往謁見室，打算道別後離開聖教國。

總不能一直在這邊待到取得山銅的情報才離開。

「羅安格林邊境伯爵，這次真的非常感謝你。」

聖女大人這麼說著，再次對我深深低頭致謝，我連忙出聲制止。

「哪裡，這是碰巧而已。不過妳能痊癒真是太好了。」

「雖然不算是報答你的恩情，但如果邊境伯爵有一天想拋下多洛賽魯麥爾王國離去，我們隨時歡迎你來這裡尋求庇護。我們不會虧待你的。」

「唔——！」

儘管橙子小姐狠狠地瞪著聖女大人，但聖女大人還是一臉淡然。畢竟她們是姊妹嘛。

「還有另一件事，這個給你。」

「咦……寶珠？」

聖女大人拿出來的是一顆閃閃發亮的寶珠，當然上頭一絲裂痕也沒有。

這是從邪蛇身體裡取出來的寶珠嗎？

不過我記得她說過要花幾年到數十年的時間，才能把寶珠修復好啊——？

見到我們驚訝的神色，聖女大人呵呵笑著，面露得意洋洋的表情。

「這種古老的寶珠，只要注入聖屬性的魔力就可以修復。但是由於有能力為寶珠注入強大聖魔力的人有限，所以我當時才說需要花數年到數十年的時間。不過，我的身體和魔力都處於最好的狀態，只需要短短幾天的時間就能修好它。」

「真厲害！」

真不愧是聖女大人，令人深感佩服。

「姊姊，照妳這樣說的話，如果由鈴葉兄來處理，馬上就能修好嘍？」

「恐怕不行。邊境伯爵的治療魔法太過強大，要是他沒辦法細膩地控制魔力，反而會使整顆寶珠粉碎。」

「這樣啊～～我還在想要是鈴葉兄能修復魔道具，就能開闢財源了呢～～但是算了吧。那麼姊姊，這顆寶珠到底是什麼？」

「這是精靈的祕寶。它似乎有布置結界的作用。」

聽她這麼一說，櫻木公爵家的傳說不就有提到是精靈幫忙擊敗邪蛇的嗎？
「這顆寶珠當然可以讓一般人使用，但它原本是要注入精靈的魔力來使用。」
「不過姊姊，精靈早就滅絕了耶。」
「精靈本身是滅絕了，但他們的魔力並未澈底從這個世上消失。只要過去有混雜血脈，即使經過稀釋，那仍舊是精靈留下的血脈。」
「原來如此～～」
「所以如果要使用這顆寶珠，最好儘量讓精靈血脈較濃的人來注入魔力，這樣寶珠的效力會更高。」
於是我們開始檢驗。話說回來，檢驗精靈血脈的濃度很簡單。
只需要每個人依序將定量的魔力注入寶珠就行了。
依序注入魔力後，寶珠就在櫟小姐注入魔力時發出了微光，卻沒有更進一步的反應。
然而到了最後，發生了出乎預料的事。
「對了，也讓嗚妞子試試看吧。欸，醒醒。」
「嗚妞——？」
我們叫醒在奏的頭上深深熟睡的嗚妞子，讓她一起來檢驗。
然後。

當嗚妞子將少量魔力注入寶珠後。

「嗚、嗚妞——！」

嗚妞子手中的寶珠發出淡綠色的光芒，往謁見室外頭延伸而去。

那一道光芒，猶如指向精靈的路標——

4章 精靈之里，與吸血鬼的最終決戰

1

雖然不曉得這道光線指向的終點有什麼，但我們決定去看看。

理由很簡單。

因為光線的終點，或許會有和精靈或嗚妞子有關的線索。

然而，身為女王的橙子小姐總不能因為漫無目的的旅行而長時間離開國家，所以含淚返回王都了。

在聖女大人的安排下，由聖教國派遣護衛陪同橙子小姐回國。

話說楪小姐一直跟著我們沒問題嗎？真是個謎。

離開聖教國幾天後，越過國境的我們翻過山巒，漫步在深邃的森林中。

嗚妞子手拿著寶珠，坐在我的頭上。

所以寶珠一直放出那道神祕的光芒。

「欸，嗚妞子和精靈有什麼關係？」

「嗚妞——？」

「嗚妞子該不會是精靈吧？還是是吸血鬼？」

「……嗚妞——？」

她的回答含糊不清，可能連她自己也不清楚吧。

我能從聲音感受到嗚妞子待在我頭上，困惑地歪過頭的模樣。

順帶一提，嗚妞子現在戴著一頂大兜帽，遮掩住她的半張臉。

這是為了預防光芒指示的地方有與嗚妞子對立的存在。

如果遇到了嗚妞子的宿敵，在她的臉被遮掩住的情況下，我們或許能爭取到找藉口的時間。這是我的想法。

我和嗚妞子走在前面，後頭則是鈴葉和楪小姐這對女騎士學園組合。

「——楪小姐，我一直以為精靈是傳說中的存在耶。」

「精靈似乎在很久以前還存在於這個世界上，但是這幾百年來沒有人見過精靈，而且精靈的遺跡也全遭到盜竊了。」

「盜竊嗎？」

「對。在很久以前，精靈擁有遠遠超過人類的強大魔力，主宰了整片大陸，而且他們也用自己獨特的先進技術製作了魔道具。那些魔道具，當然都是人類製作不出來的東西，所以如果能發現精靈的遺跡，順利在那裡找到精靈製作的魔道具，據說就能成為一國的領主。」

「那麼賺嗎！」

「賺到大錢，足以買下整個國家的人極為少數，不過據說有很多人賺到了一輩子都用不完的財富，或是用賺來的錢買個爵位成為貴族，這種故事比比皆是。」

「精、精靈真厲害……！」

我心不在焉地聽著她們的對話，感到佩服。

我對精靈的了解也只和鈴葉差不多。

棶小姐真不愧是公爵千金，令人敬佩。

「不過，鈴葉。關於這方面，還有一件值得一提的事。」

「咦？」

「靠那種方法賺到大錢後，人們就會想得到更有價值的東西。」

「……意思是更好的魔道具嗎？」

「就是精靈啊。」

「咦──」

「據說精靈是人人都能靈活操控魔法的種族，如果能逮到一名精靈，要多少魔道具都能讓他做出來。而且精靈是著名的長壽種族，所以肯定還有精靈活在這片大陸的某個地方。這就是人們的想法。」

「原來是這樣啊……」

「再加上精靈這個種族出了名的貌美，所以有很多貴族都想將精靈收為自己的奴隸，用來觀賞。他們本身就因為稀有而極具價值，如果送去黑市拍賣，成交價格絕對會是天價。這種作為是好是壞就另當別論了。」

「是啊……」

「所以呢，利欲薰心的人們會投入遠超出他們收益的金額去尋找精靈。此外似乎也有些探險家從一開始就把目標鎖定為探尋精靈——但是無論如何，沒有任何人能找到精靈。」

「真是活該！不過這麼說來，這道光芒的盡頭很有可能是被盜竊過的精靈遺跡嗎？」

「照理說，我也會這麼想，不過……帶隊的人是鈴葉的兄長，那就另當別論了。」

「畢竟是哥哥啊。」

「沒錯。不論結果是好是壞，我都不覺得找到遺跡會是我們的最終結果，感覺他會弄出一些大動靜……」

「沒辦法啊，誰叫他是哥哥嘛。」

她們聊著聊著，不知不覺間說起我的壞話了。真是不懂為什麼。

2（綾野的視點）

多虧了來自櫻木公爵家的官僚團隊，綾野在工作上有了一些餘裕，所以她不像之前一樣一直被困在辦公室，最近能去街上逛逛了。

既然身為一個事務官，就不能僅僅滿足於書面上的認知，應該上街走走，以自身的感官感受民眾的生活。這就是綾野的座右銘。

話雖如此，她一直很忙碌，根本沒有時間。

然而果不其然，綾野的感應天線發現了某些事。

她利用平日繁重業務的些微閒暇時間不斷進行調查，確認自己的猜想後，她去拜訪了應該是幕後主謀的人。

那個人今天也待在城裡的老位置上，與一堆文件奮戰。

「哦？綾野閣下，怎麼這麼晚了還來找我？」

從文件中抬起頭來的青年官僚看到綾野後，開口問道。

青年負責統籌其他櫻木公爵家派來的官僚，過去曾是家宰的助手。

「辛苦了。不好意思打擾你，我有些事想請教一下。」

「有什麼事儘管說。要直接在這裡談嗎？」

「不，要麻煩你換個地方。」

儘管夜已深，在場的人不多，但還是有超過十位官僚在工作。

此外，聲音在夜晚會特別響亮，她打算謹慎再謹慎。

「我明白了。我們走吧。」

綾野帶著青年官僚，前往隔音效果良好的會議室。

關上會議室的門後，兩人喘了一口氣，進入正題。

「——最近櫻木公爵家的官僚似乎在邊境伯爵的領地，特別是領都這邊大肆購買房地產呢。」

青年官僚眨了眨眼，很快就露出了笑容。

「妳已經發現了啊。真不愧是妳，他們應該都做得很隱密才對。」

「可以告訴我你們有什麼意圖嗎？」

青年官僚的行動，即可視為櫻木公爵家所為。

櫻木公爵家連一聲知會都沒有，就在邊境伯爵領的領都大肆購買房地產的原因。

綾野怎麼想都想不出個所以然。

不過，她的思緒被青年官僚的一句話打斷了。

「綾野閣下恐怕是誤會了什麼。妳凝重的表情就是證據。」

「……你是什麼意思？」

「這次的事和櫻木公爵家毫無關聯。」

「什麼……？」

綾野張大了嘴，青年官僚則感到有趣地笑了出來。

「這就是綾野閣下能力優秀的弊端啊。若站在上位俯瞰現況，這確實很像是公爵家為了將來的陰謀所下的一步棋，畢竟來這裡的官僚不僅用他們自己的名義，還用了妻子或孩子的名義，恐怕甚至還用上虛假的身分，大肆收購領都的房地產。」

「沒、沒錯。」

「但是若要設下陷阱，櫻木公爵家幫助邊境伯爵領太多了，而且不可能選擇與邊境伯爵為敵的愚蠢自毀之路，所以妳無法理解我們的意圖，因而心裡很混亂。我說得沒錯吧？」

「……就如你所說……」

雖然心有不甘，但綾野還是點頭認同。青年官僚落落大方地點了點頭說道：

「不過，他們那麼做的理由非常單純。如果有某處土地的價值在將來必定會漲幾百倍，妳應該也會盡己所能地買下來吧？就是這樣而已。」

「……啊……？」

這個騙子在說什麼鬼話？

即使面對著綾野如此表示的冰冷目光，青年官僚也毫無怯意。

「將來橙子女王很可能會將首都遷至羅安格林邊境伯爵的領地。」

「……你是認真的嗎？」

「哦？連綾野閣下這麼聰明的人也不曾想過這種可能嗎？」

「我確實有想過，不過我的結論是從地理位置來看，太難辦到了。」

「如果只看現狀，妳的想法勉強算是對的。」

「……」

「不過，要是除了邊境伯爵壓倒性的武力和山銅礦脈之外，再加上一個新因素呢？天秤會大幅傾斜。那位邊境伯爵想必會一臉淡然地做出什麼大事吧，而當大家都知道他又做了什麼大事之後，屆時才出手就太遲了。」

「……這是櫻木公爵家的想法嗎……？」

「不是。正如我一開始所說，公爵家和這次的事完全無關。公爵家反倒可能直到最後都不會在這裡置產。」

「為什麼呢？」

「因為可以將沒有房地產作為藉口，在這座城堡裡借住。」

「……確實是這樣……」

那無疑是只有櫻木公爵家與橙子女王才能使用的絕招，不過非常有效。因為對於想要加深與對方之間的友好關係的人來說，住在同一個屋簷下是最強的手牌。

綾野心中的各種疑惑都得到了解答，她懷著無盡的疲憊低下頭來。

「我明白了。不好意思，在你忙碌時打擾了。」

「我很高興能解開妳的誤會。妳都來到這裡了，要不要去喝杯茶？」

「……我就陪你一下吧。」

畢竟是自己帶他過來的，她沒辦法事情一解決就拋下對方離去。

綾野用會議室中的茶具沖泡兩人份的茶水。

她記得這裡也有供人當茶點的煎餅，正當她在尋找時。

「其實呢，當初在挑選要派來這裡的官僚時，真的非常不容易。」

「很正常吧。」

綾野找到了自己喜歡的砂糖煎餅，開心地輕輕握拳並說道：

「畢竟應該沒有人想來這麼偏遠的地方。」

「正好相反。積極申請的人太多了，讓我們傷透了腦筋。」

「咦……？」

「不過，那個人不但是楪小姐最有力的夫婿候選人，還是公爵家和橙子女王都極為信賴的邊境伯爵，所以絕對不能冒險，惹得他不悅。當然了，選人的時候也要考量到公爵家內部事務人員的平衡，要是讓人推薦，又會引來賄賂風暴，真的讓人很煩惱。」

「……」

「最後經過深思熟慮，我們決定依據工作態度的評鑑分數來選人。這樣既不會給邊境伯爵添麻煩，又能獎勵那些平日工作態度良好的官僚，而且這樣不但能反映出所有人處理事務的能力，卻又不會完全單以個人能力排序。」

「確實，我也認為這是最好的辦法。」

「不過呢，該上名單的人被換掉了。」

「……什麼意思？」

「公爵家裡有很多平常不怎麼做事，卻只會在關鍵時刻發揮本領的大蠢蛋。這些人認為這就是他們的機會，因而使出渾身解數，竄改公文、偽造報告、賄賂、奪取功勞、控制別人對自己的印象……他們做盡了壞事，最後使派遣名單在不知不覺間多了這些能力卓越卻行事過於怪異，讓他們工作就會令人感到不安的人，實在很慘……」

「……順便請教一下，可以跟我說說那些人的名字嗎……？」

「當然可以。」

綾野當然知道青年官僚提及的那幾個人。

在來自櫻木公爵家的官僚中，那些人都是能力相當突出的佼佼者，平時總是讓她不由得對公爵家心生敬佩。

她覺得很後悔，早知道就不問了。

「……為什麼他們會想來這麼偏遠的地方呢……」

綾野如此低喃。

「這很明顯吧。因為他們想要親眼看看邊境伯爵是什麼樣的人。」

「啊——」

綾野事到如今才回想起來。

自己之前就是因為這個理由，來拜訪他的其中一人。

不過她當時沒想過自己會成為替他處理文件山的人——

「——原來是這樣。這個誘因確實很大。」

「雖然很可惜和邊境伯爵擦身而過，但我們有足夠的資料能評判他這個人。而那些只有小聰明和嗅覺比野狗還敏銳的腐敗官僚，決定將手上的一切賭在邊境伯爵身上——這就是這次使綾野閣下感到混亂的騷動真相。真是非常抱歉。」

「別這麼說，我才要為懷疑你道歉。」

兩人對彼此鞠躬致歉。

要是再不回到工作崗位，其他人可能會起疑心。

他們都意識到了這點。

「那我該走了。」

「啊，最後能再讓我問個問題嗎？」

「儘管問，我會告訴妳我所知的一切。」

「為什麼有人要用假名進行交易呢？我因此在調查的時候，多費了很多心力。」

如果是光明正大的交易就別用假名。這是綾野想說的。

而且因為他們那麼做，害她誤以為是公爵家在幕後指使。

青年官僚的回答簡單明瞭。

「這個啊，可能是為了預防被討債人逮到時，所安排的保險吧。」

「…………」

綾野深刻地感受到，真的不能對公爵家的人輕忽大意。

3

我們在深邃的森林中一路前進，登上高聳無比的高山，最終抵達的地方是一處懸崖。

「……不知道這座懸崖有多深。樑小姐，妳覺得呢？」

「你等等，這至少有幾千公尺喔……」

「可是哥哥，光線延伸到這座懸崖底下耶……？」

「主人，需要找下山的路嗎……？」

「嗚妞——」

不過我仔細一看，光線似乎在半空中就消失了。因此我抱起嗚妞子宣布：

「好，我們跳下去吧。」

「嗚妞！」

「總之，我和嗚妞子先下去。鈴葉妳看，那道光線到中間就不見了對不對？」

「是沒錯……」

「按照我的猜想，那道光線消失的地方可能有空間裂縫之類的東西，或許會通到某個異空間。所以要是我跳下去後在中途不見了，鈴葉妳們再跳下來就好。」

「那要是失敗的話，哥哥不就白跳了嗎……？」

「嗚、嗚妞？嗚妞！」

「一個人的話，我有辦法。」

雖然嗚妞子在我懷裡奮力掙扎，但不必擔心。

我帶著堅固的鉤爪和繩索，要是我猜測錯誤，我打算把鉤爪扔到懸崖上勾住，而且嗚妞子不陪我一起下去的話，很難看清光線延伸到哪裡。

「那我們走嘍。嗚妞子，妳要拿好寶珠喔！」

「嗚妞————！」

伴隨嗚妞子拉長的慘叫，我從懸崖上跳了下去。

*

正如我所料想的，半空中有一道空間裂縫，與一處異空間相連。

這裡乍看之下與我們之前經過的深邃森林相差無幾，但氣氛有所不同。

這一處空間感覺凜然清淨，也能說是澄澈如玉。

在我們到達這裡不久後，鈴葉她們也跟上來了。

「有、有點可怕耶，哥哥……」

鈴葉淚眼汪汪地哭訴著，我便摸了摸她的頭安撫她。

順帶一提，嗚妞子已經嚇暈過去了。

檪小姐低吟說道：

「嗯……這裡就是傳說中的精靈遺跡嗎……？」

「誰知道呢。」

「是很有那種氛圍……而且入口在那種地方，誰都發現不了也可說是理所當然……」

「嗯，說得也是。」

我們要是沒有寶珠的光指引，也不可能發現這個地方。

「真感謝這顆寶珠呢。」

「……不是，一般人就算有了這顆寶珠，也絕對不可能找到這裡喔……」

檪小姐以認真的神情鄭重地對我這麼說。這是為什麼呢？

我們稍微走了一段路，很快就發現了一個聚落。

也遇到了一位看似居民的美女。

「唔，已經有七百年，不，是八百年沒有人類到這裡了吧……？」
「不好意思，請問這裡到底是哪裡？」
「這裡啊，是精靈之里喔。」
「精靈之里！」
我的猜測果然是對的。這麼說來，眼前這位女性就是精靈了。
「果然是這樣。謝謝妳。」
「你等一下。」
「什麼？」
「照理說，你的反應應該會更誇張一點吧？我可是精靈喔，人類對我們垂涎三尺吧？我不但擁有人類無法比擬的驚人美貌，胸部和臀部更是豐滿到令人難以置信喔。」
「…………」
我瞥了一眼女性旅伴們。
精靈小姐順著我的目光望向鈴葉她們，拍掌說聲：
「喔喔，想不到你身邊有我們精靈的同胞。」
「她們不是精靈啦。」
很遺憾，不管是鈴葉、椥小姐還是奏都是人類……應該是人類吧？

聽到我解釋她們不是精靈後，精靈小姐一臉像感受到宇宙有多宏大的貓，喃喃說道：

「……我好歹也活了幾千年，但世上依然充滿奇妙的事物呢。」

「這樣啊。」

「自我介紹晚了。我是這座精靈之里的長老。」

「啊，妳太客氣了。」

我們一行人依次問候。

至於戴著兜帽，待在我頭上睡著的嗚妞子，由於還不清楚她和精靈之間的關係，所以先含糊帶過了。

由於有長老在前頭帶我們走進精靈之里，我們便老實地跟在她後面。

她會不會以為是人類突然攻過來？不過自己多嘴說這種話也怪怪的，還是別問好了。

這座長老帶我們進入的精靈之里，該怎麼說呢，感覺就像我年幼時居住的村莊。

精靈大概有數十人。

精靈們表面上都很和善，但是都一臉疲憊。

完全感受不到他們的生活在高性能魔道具的輔助下，有絲毫劃時代的進步。

長老可能猜到了我的想法。

在我們逛了精靈之里一圈後，長老苦笑著對我說：

「這座村莊呢，是一座正在消亡的村莊。」

「這是怎麼回事……？」

「我們精靈呢，擁有壓倒性的魔力，也有能力製作精美的魔道具。這是事實，但這是有代價的。」

「代價嗎？」

「我們沒有山銅就無法生存。」

長老向我們說明。

原來山銅中蘊藏著特殊的魔力。

精靈需要攝取那種特殊的魔力，才能發揮他們與生俱來的力量。

如今山銅已經枯竭，因此他們精靈族正在逐漸衰敗，只能等待滅亡。

「呃，所以有這個就沒問題了吧？」

我從懷中拿出一塊山銅的原石給長老看。

「哈哈！你在說什麼蠢話……這是什麼——！」

長老驚愕地瞪大了雙眼，我告訴她不久前在我的領地發現了山銅礦脈後——

「這、這這這、這怎麼可能！若沒有達到特定的條件，根本不可能產生山銅，你該不會

是在騙我吧！」

「那妳不需要這塊礦石嘍？」

「萬分抱歉，是我太傲慢了，全都是我的錯。所以請你務必將那塊礦石讓給我，這是我這輩子的請求。」

長老立即哭著跪下來。

我十分慌忙地把山銅塞給她。

＊

當天夜裡，精靈之里舉辦了一場祭典。

長老說這場祭典是為了歡迎我們舉辦的，不過他們真正歡迎的應該是山銅吧？這是無所謂啦。

據說這是睽違將近六百年的祭典，所有精靈看起來都非常高興。

被誤認為精靈同胞的鈴葉和櫟小姐等人就這麼融入了精靈的圈子，似乎都很享受這場祭典。

而我不知為何，正獨自一人和長老喝著酒。

「真的很感謝你。你是精靈之里的救世主。」

「不不，別這麼說。請問還有其他精靈之里嗎？」

如果還有這種地方，我也想和這裡一樣，分一些山銅給他們，因此如此問道。

「誰曉得……還有這種地方嗎？」

「妳不知道嗎？」

「因為我們沒有交流，而且精靈的數量原本就極為稀少，即使有其他精靈之里，也可能都已經消亡了。」

「是這樣啊……」

根據長老所述，過去真的有很多狩獵精靈的人類，漸漸懶得應付的長老就將精靈之里的入口挪到了那種地方。

不過他們一開始對我們抱持著友好的態度，看來是由於幾百年都無人到訪，因而感到寂寞了吧。

感覺除了這裡，其他精靈之里倖存下來的希望相當渺茫。

如果還有其他精靈之里，應該至少會有些傳聞才對。

「話說回來，真虧你們能找到這個地方呢。」

「啊，那是這顆寶珠的功勞。」

我從懷裡拿出寶珠交給長老後，她瞇起眼睛輕撫起寶珠。

「喔喔，原來這種東西還留在這世上啊。」

「妳知道這顆寶珠嗎？」

「我當然知道，這是原本在本里的高等精靈大人製作的道具。」

「喔～」

「原本呢，這顆寶珠——是為了封印徬徨白髮吸血鬼而製作的。」

我屏住呼吸。

談話中突然出現了徬徨白髮吸血鬼這個關鍵字。

「……可以跟我詳細說說那件事嗎？」

我壓抑著內心的動搖如此問道，長老大方地點了點頭。

「好啊。不過那已經是幾千年前的事了，當時的我還只是個孩子——那時候這座精靈之里有一位偉大的高等精靈大人，是精靈的領袖。她擁有的魔力和知識都多過我們這些普通精靈，和我們完全不同。」

「嗯……」

「當時，讓精靈百般困擾的就是徬徨白髮吸血鬼。她靠著吞噬山銅成長，是個相當可怕的吸血鬼。有精靈試圖除掉她，也一個接一個反被殺害，到了最後，我們的山銅礦脈終究快要耗盡了。就在那個時候，本里的高等精靈大人對她發起了最終決戰。這顆寶珠就是當時帶去封印對方魔力的其中一種道具。」

「那場戰鬥……最後怎麼樣了？」

「據說是兩敗俱傷。在那之後，徬徨白髮吸血鬼就沒有再襲擊過精靈之里，但高等精靈大人也沒有回來。」

「……」

「結果在那之後，我們沒有找到任何新的山銅礦脈，精靈就只能繼續衰敗下去。要是你沒有來，本里遲早也會消失。真的很感謝你。」

「哪裡，別放在心上。」

我心中想到一種可能。

依照長老所說的往事，那位高等精靈後來——

「長老，妳可以看看這個孩子嗎？」

我把坐在我頭上的嗚妞子放下來。

「來，嗚妞子，醒醒。」

「嗚妞……？」

我叫醒昏昏欲睡的嗚妞子，拿下她的兜帽。

長老的眼神變了。

「您、您是——！」

長老就這樣向後一跳，猛然跪伏在地。

從她的反應來看，我的猜測肯定是正確的。

「原來嗚妞子是高等精靈啊。」

「……嗚妞……？」

嗚妞子困惑地歪著頭。看來她不清楚發生了怎麼回事。

然後我忽然回神時。

精靈之里的數十名精靈，全都整整齊齊地跪伏在長老身後。

4

鏗鏘、鏗鏘，敲打金屬的聲音響起。

我現在在哪裡呢？在精靈之里的鍛造場。

我在做什麼呢？我正在長老的親自指導下，敲打著山銅。

我為什麼要這麼做呢？當然和嗚妞子有關。

在令人震驚的精靈全體大跪拜事件的翌日。

精靈之里的眾人終於恢復平靜，經過他們討論後得出一個結論。

當然，這只是我從長老那裡聽來的。

「——公主沒有打倒徬徨白髮吸血鬼。」

精靈們似乎將里中唯一一位高等精靈稱為公主。這也不意外。

「意思是失敗了嗎？」

「不是完全失敗，但也很難稱之為成功。若照你所說的情況——」

長老不曉得徬徨白髮吸血鬼這幾千年來的動向。

因此當我和楪小姐將我們所知的事告訴長老後，她面色凝重。

「公主她——當時恐怕是試圖將徬徨白髮吸血鬼封印在自己的身體裡，而她的計畫成功了一半，但另一半失敗了。這應該就是她仍會攻擊人類的理由。」

「嗯？可是徬徨白髮吸血鬼的身型是普通的女孩子耶！和嗚妞子這種直筒型二頭身幼兒體型不一樣。」

「嗚妞——！」

「高等精靈有幼兒和成人兩種型態可以變換。」

「是這樣嗎！」

「不過她通常不會變成幼兒型態，因為思考會被身體影響，隨之變成幼兒。不過公主不得不變成幼兒的理由，應該只有一個。」

「是什麼？」

「她必須藉由幼兒化，將其餘魔力用來壓制體內的徬徨白髮吸血鬼……就是這樣。」

「……」

「這沒什麼，別愁眉苦臉的，解決的方法很簡單。」

「要怎麼解決？」

「由你來打倒她就行了。負起責任來吧。」

——長老一臉認真地要我負起責任。我的天啊。

說回現在。

我會鏗鏗鏘鏘一直敲打山銅，是為了鍛造山銅。這當然不是普通的鍛造法。

「聽好了！你揮下錘子的每一下，都要全力施展治療魔法！」

「好的！」

「寶珠很脆弱，所以只能承受聖女那種程度的魔力，但山銅不一樣！山銅連你這種強大到亂七八糟的魔力都能承受！」

「好的！」

「能救公主的只有你了！拜託你了！」

……根據他們推斷，嗚妞子再這樣下去很危險。

如果嗚妞子一直處於魔力不足，只能變成幼兒的狀態，她在不久的將來將無法壓制徬徨白髮吸血鬼，進而使吸血鬼完全復活。

到時候會怎麼樣呢？

就連在遭到封印的狀態下，也會將見到的人類全部殺光的徬徨白髮吸血鬼，若是展露出本性。

她會屠殺所有人類，而且永遠追尋山銅——

那不是在說笑，到時候人類真的會滅亡。

那麼該怎麼辦呢？答案只有一個。

只能在嗚妞子壓制著惡魔時，連同嗚妞子一起砍成兩半——

「……長老。」

「怎麼了，年輕人？」

我鏗鏗鏘鏘敲著山銅，開口問道：

「嗚妞子她真的不會出事嗎？」

「你現在就在努力確保她不會出事啊。」

「是這樣沒錯啦……」

據長老所說，我之前和徬徨白髮吸血鬼戰鬥時，雖然嗚妞子也有受傷，但吸血鬼應該也受到相當大的傷害。這代表現在是千載難逢的好機會。

但如果以普通的方式給她最後一擊，那麼被惡魔占據身軀的嗚妞子也會死去。

我們為此想出的對策，就是此刻正在計劃的「以注滿治療魔法的堅硬武器痛毆她，就能讓嗚妞子恢復，並對吸血鬼造成追加傷害，不就是雙贏嗎？」的大型作戰。非常簡單易懂。

這是相當聰明的計畫，利用了吸血鬼受到治療魔法，反而會受傷的體質。

奇怪，那麼打從一開始就對她施展治療魔法不就好了嗎？我曾如此心想，但這似乎是我錯誤的認知。據說要是那麼做，吸血鬼也會恢復。

據說要達到理想的效果，就必須依靠山銅的神性和精靈某種令人難以理解的特性，加上封魔寶珠張設的結界等等，我聽了一大堆複雜的說明後還是完全不懂。

我只要明白必須用山銅來攻擊就夠了。

「所以說，用鍛造過後的山銅打造成劍，也會對惡魔造成更有效的傷害對吧？」

「不是，那是我的個人愛好。」

「咦咦咦咦咦！」

「不管怎麼說，直接拿根棒子去討伐吸血鬼很難看吧？」

長老如此直率地斷言，使我無言以對。

她說的話或許有道理，但我覺得表達方式也很重要啊！

5

我用上精靈交給我的所有山銅，終於打造出破邪之劍。

我原先還在想這樣是否妥當，但長老說用來打造這把劍的山銅，會在我和徬徨白髮吸血鬼戰鬥過後重新使用。

「所以你絕對不能弄丟喔！」

「不，這根本不可能弄丟吧……」

之後長老觀察了我魔力的狀況幾天，讓我休養到魔力完全恢復。

明天，終於是我與徬徨白髮吸血鬼對決的日子了。

＊

決戰前一晚，我站在瀑布下承受泉水沖淋，進行潔淨儀式。
面對吸血鬼這種對手，這種儀式最多只能讓人心生安慰，但似乎還是有效果。
長老說，現在只要有點效果，就應該全部嘗試一遍。我也同意她的觀點。
由於要在瀑布下進行儀式，我全身上下只穿著一件內褲。
在瀑布的沖刷下進行冥想，將注意力集中在自身的魔力上，使我感受不到時間的流逝。
長老說會在合適的時機來叫我，所以應該沒問題。

「——哥、哥哥——」
肩膀被人搖了幾下後，我的意識終於從深層浮上表面。似乎是瞑想時間結束了。
然後我睜開眼睛，映入眼簾的——
是在月光的照耀下被水花濺溼，只穿著白色綁繩內褲的鈴葉。
「妳！鈴葉，妳為什麼穿成這樣！」

「我、我也沒辦法啊……因為長老說在神聖的潔淨儀式中，只能穿純白色內褲……」

「不不不！我聽說女生可以用纏胸布，把胸部纏起來啊！」

「那種纏胸布，稍微挺胸就碎裂了。而且被哥哥看到……又、又沒什麼關係……」

鈴葉羞紅著臉低下頭，視線朝上看著我解釋。

而且就在她臉龐的正下方，那對比她的頭還大的豐滿雙峰近乎暴力似的強調自身存在。

如果她不是我妹妹，真的很不妙。

「唉，算了！別說了，快點到我背後來！」

「好、好的……！」

「等等，鈴葉！妳為什麼要從後面摟住我！」

「啊，抱歉。看到哥哥那麼寬大的背，我就忍不住……不對，我是想溫暖一下哥哥被瀑布沖到很冰冷的身體，一時忍不住。」

「這算什麼忍不住啊！」

我再度覺得，真的還好這麼做的人是鈴葉。

「只是貼著你的背而已，又沒關係。」

「好吧，算了……不過為什麼會是鈴葉來接我？長老說她會來啊。」

「這個嘛，哥哥，原本精靈長老是想按照計畫過來接你的。」

「嗯。」

「然後櫟小姐看到長老的打扮，就堅決反對她過來。」

「……我有種不好的預感。」

「畢竟那時候長老的模樣，是用纏胸布勉強纏住她那對豐滿至極的爆乳，下半身只穿著一件白色綁繩內褲，將她那身會抹殺男人，就連魅魔也相形見絀的超爆裂色情身材澈底展露出來，於是櫟小姐堅決反對她用那副模樣來接哥哥。」

「……妳到底是從哪裡學來那種獨特的形容方式？」

「是跟櫻木公爵家的女僕學的，有問題嗎？」

嗯，聽她這麼一說，的確有一位表達方式特別獨特的女僕呢。

真希望她今後別為我的妹妹帶來奇怪的影響。

「算了，沒事。那之後怎麼樣了？」

「我接著說。櫟小姐和長老爭論不休，最後甚至打起來了，所以我就趁機跑來了。」

「不是，妳也制止她們一下啊！」

「不需要吧。她們兩個都是那種透過打鬥產生友情的類型。」

「……確實難以否認。」

畢竟她們兩人都是那樣，有熱血的一面。

況且櫟小姐是女騎士，那樣或許很正常。

鈴葉解釋完之後。

她仍然從背後摟著我，過了一段漫長的時間後，她小小聲地開口：

「……哥哥。」

「怎麼樣？」

「明天你和彷徨白髮吸血鬼的戰鬥——雖然一切看起來都準備妥當了，但其實非常危險對不對？」

「……妳怎麼發現的？」

真傷腦筋。

我一直都裝作若無其事，以免任何人注意才對啊。

「因為哥哥是那種遇到愈危險的事，反倒會裝得愈若無其事的那種人。」

「反而變得很不自然啊。真是失敗。」

「嗯……」

的確，我已經對嗚妞子產生感情了，所以非常想救她。

不過我明知很危險，卻還是要和彷徨白髮吸血鬼一戰的動機，我想絕對不是因為這樣。

如果說是為了拯救世界而戰，我也幾乎沒有這種想法。
所以我願意這麼做，最主要的原因肯定是——
「……我大概是想做個了結吧。」
「做個了結嗎？」
「對。我要了結和徬徨白髮吸血鬼之間的因緣。」
在很久以前，故鄉的村民們在我的眼前被她屠殺殆盡。
我和鈴葉也好幾次差點被她殺掉，楪小姐的胸口也曾被她刺穿。
就算徬徨白髮吸血鬼那麼做有內情，這些事也永遠不會消失。
但與此同時，我也認為一直壓制著惡魔的嗚妞子很偉大，也想救她。
所以我要在最後和吸血鬼做個了結。
僅此而已。
——鈴葉聽完我的話後，沒有阻止我。
她反而問我一個問題。
「哥哥覺得實際上的勝算有多大？」
「我覺得相當危險。」
明天的戰鬥，可能是迄今為止與徬徨白髮吸血鬼的對決中，最危險的一次。

在明天的戰鬥，我要將山銅交給嗚妞子，讓她從幼兒型態恢復。

要是讓用嗚妞子維持在幼兒狀態，將破邪之劍刺入她體內，那她可能會和惡魔一起死去，這純粹是體力的問題。

不過這麼一來，同時也會讓沉睡在嗚妞子體內的徬徨白髮吸血鬼變強。

所以還沒有人知道那麼做會有什麼後果。

我們這方的裝備齊全，再加上當作戰鬥地點的地方也布置了破邪結界，徬徨白髮吸血鬼的整體實力或許會被削弱。

但我的直覺警告我，這是迄今為止最危險的一次。

因此我用狡猾的論點封住了鈴葉的嘴。

「不過鈴葉，妳想想。」

「想什麼？」

「我到現在有沒有違背過我們之間的約定，沒有平安回來過？」

「……沒有，一次也沒有。」

「那麼這次能不能也相信我呢？」

最不相信我的人分明是我自己，但我還是強求鈴葉相信我。

鈴葉從我背後環抱住我的力道加重，甚至有點痛。

她豐滿的胸部更是緊緊貼到我的背上。

鈴葉緊抱住我的雙手微微顫抖。

「……鈴葉會永遠等著哥哥回到我身邊。」

「嗯，乖乖等我回來。」

「哥哥，請你平安回來。」

鈴葉說完後就不再多言。

我很清楚鈴葉什麼都知道，但她還是相信我，讓我出戰。

所以我想回應她的期待。

「…………」

「…………」

我們兩個不再說些什麼，一動也不動。

鈴葉就這麼緊緊抱著我，四周只剩下瀑布的聲響，以及照耀我們的月光。

時間不曉得持續了多久。

近似永恆的沉默突然被打破。

不遠處響起嘩啦啦的水聲，有人正在走近這裡。

「讓你久等了！在瀑布下沖太久的話會感冒的——咦……？」

身穿白色素服的櫟小姐見到我們後僵住了。

鈴葉用宛如來自地獄深處的聲音開口：

「妳現在才不識相地晃過來是想做什麼？這礙事的石頭。」

「我才不是石頭！話說為什麼鈴葉什麼都沒穿！」

「這是個純潔的儀式。」

「真要形容的話，應該說是神聖吧！而且女孩子可以穿著白襦袢啊！」

「咦咦咦咦！是嗎？鈴葉！」

聽到我這麼一問，鈴葉拙劣地吹起口哨。

「……我不曉得，所以我是無辜的。」

「無論如何，鈴葉用那種不知羞恥的模樣抱著自己的兄長，太荒謬了！況且夥伴的後背是屬於我的，妳走開，換我來！」

「我堅決拒絕！」

隨後，鈴葉和櫟小姐便以我為中心繞著圈子，簡直像要把自己攪拌成奶油。

最終在兩人打鬧時，迎來了決戰的早晨。

*

與徬徨白髮吸血鬼對決的地點，定在離精靈之里有一小段距離的山丘下。

據說這裡原本是高等精靈舉辦儀式的地方。

也就是說，這裡與嗚妞子有深厚的緣分。

「嗚妞子，妳還好嗎？」

「……嗚妞！」

嗚妞子幹勁十足。

這麼一個小小的孩子，明知如果出了什麼差錯自己就會死，卻還是挺身面對，我當然也得奮力一戰。

「……不不不，別看公主現在這樣，她活過的時間可是比你多了幾千倍喔。」

「長老。」

「這是最後確認了。我已經盡可能用寶珠張設了破邪結界，所以接下來你要做的，就是等公主恢復原樣以後，用山銅劍給她來一下就好。」

「我明白。」

我從長老手中接過僅存的最後一塊山銅。

之後將它輕輕拋給緊張到表情僵硬的嗚妞子。

6（櫟的視點）

嗚妞子一接下山銅，山銅就像溶解般消失了。

魔力被嗚妞子吸收了。

隨後在我面前，我打從心底不願再見到第二次的死神復活了。

那是身形瘦得嚇人，美麗到不像這世上之物的少女。

她穿著白色連身裙，頭戴著草帽，這身打扮就像夏天的千金小姐。

但不能被她的外表騙了。

她的雙眼是比鮮血還深邃的火紅色。

及腰長髮則是比任何地方的雪都白。

她是收割所有目擊者生命的死神。

她的名字是——徬徨白髮吸血鬼。

「——唔！」

其實楪一直很樂觀地看待這一切。

因為鈴葉的兄長看起來悠悠哉哉，自己這方還有寶珠和以山銅打造的劍，更令她心安的是鈴葉的兄長看起來悠悠哉哉。

而這種認為能輕鬆取勝的心態——在她見到徬徨白髮吸血鬼的那一刻變得蕩然無存。

「鈴、鈴葉！那是——！」

「妳有什麼問題，楪小姐？哥哥現在正在面對過去最強大的敵人，可以請妳靜靜地看著嗎？」

「可是！鈴葉的兄長什麼也沒說——！」

「我只告訴妳一件事。」

鈴葉擺出無可奈何的模樣，繼續說道：

「真正的好男人，是不會把一切說出口的——他只會用背影來表達。」

「什……！」

「在妳理解這點之前，要守護哥哥的背影還早了一百年。」

儘管樑大為動搖，她的視線依舊動了。更準確來說，是她身為女騎士的本能，拒絕從眼前這場驚人的戰鬥移開目光。

他們的速度無比驚人，幾個月前的她根本無法跟上。

不過樑日日勤奮不懈地鍛鍊，如今目光總算能捕捉到他們的動作了。

在戰鬥的過程中，她將所有注意力集中在鈴葉兄長的背影上。

雙眼的血管幾乎都快破裂了。

看著看著，樑終於也開始看清戰況了。

鈴葉的兄長正在努力攻擊徬徨白髮吸血鬼，卻束手束腳——

「……原來是這樣，是我太愚蠢了。」

「什麼？」

「我只關心如何保護夥伴的背影，卻忽略了與夥伴的背影對話。只要觀察他背部的肌肉就能理解很多事，妳是這個意思吧？」

「不是……我可沒有要求妳做到像特技的事喔……」

這時，精靈長老喃喃說道：

「原來如此，情況可能不太妙……」

「為什麼這麼說！」

「那個男人沒辦法下手攻擊。他在尋找適合攻擊的部位……他應該是想將公主的負擔減輕到最低。」

儘管是用破邪之劍，還是以充斥回復魔法的山銅打造而成，但被那把劍刺入身體的話，照理說就算不死，也會造成重大傷害。

要確實地殺死寄宿在高等精靈體內的徬徨白髮吸血鬼，光是對她造成有可能致死的傷害是不夠的。

得在高等精靈的身上開一個大洞，任誰看到都覺得已經死了，否則沒辦法肯定吸血鬼已經死了。

不過她身上的傷口愈大，被吸血鬼附身的高等精靈得救的機會就愈渺茫——

「……恐怕會一擊分出結果。」

長老的話讓鈴葉等人倒抽了一口氣。

「那個男人應該是打算用一擊決定一切。魔力也是一大因素，為了盡可能提高拯救公主的可能性，他必須控制好魔力。要是他失敗了——」

「要是失敗了，哥哥會——？」

「他應該會放棄拯救公主，打倒徬徨白髮吸血鬼吧。」

「…………」

「我也低估她了。那個徬徨白髮吸血鬼狀況絕佳，面對那種敵人不能再次手下留情。」

於是，了結的時刻終於到來了。

當不斷單方面進攻的徬徨白髮吸血鬼為了使出必殺一擊，飛躍至半空中的瞬間，鈴葉的兄長擺動了他手中的劍。

隨後，那把劍像受到了吸引，刺入徬徨白髮吸血鬼的左胸。

劍身貫穿心臟，從她的背後穿出——

「啊啊！」

在精靈長老驚呼之際，那把山銅劍碎成了粉末。

粉末彷彿溫柔地包裹住受傷的高等精靈的身體，閃閃發亮，溶解在空氣中。

「我、我、我的山銅啊啊啊啊——！」

隨著長老含淚慘叫的聲音，楪她們產生了相同的念頭。

那又不是長老的山銅——

7

我醒來的時候，頭痛得不得了。

「嗯……」

在朦朧的視野中，鈴葉和櫟小姐不知為何都一臉泫然欲泣地喊著，不過我聽不太清楚。

記憶模糊不清。現在是幾點？

當我的意識終於變得清晰時，鈴葉也撲進我的懷裡。

「哥哥！哥哥哥哥哥哥哥！嗚哇——————！」

鈴葉不知為何只喊著哥哥，我便像以前一樣摸摸她的頭安撫她。

「你醒了啊。你沒事真是太好了。」

「櫟小姐。」

「要嚇我們也適可而止。你已經睡了一週喔。」

「呃……？」

聽她這麼一說，我的記憶齒輪這才終於開始運轉。

我想起來了。

我擊敗了徬徨白髮吸血鬼，然後試著救下嗚妞子——

「真是受不了你，要盡全力動用魔力也該有個限度，竟然做出像耗盡生命一樣的事。就是因為這樣，我才得一直盯著你。」

原來如此，這就是我的記憶也如此混亂的原因。

其實，我記不太清楚自己是怎麼對嗚妞子使用治療魔法的了。

「抱歉——那嗚妞子呢？」

「就在那裡啊。」

我聽楪小姐這麼一說，轉頭一看，赫然發現徬徨白髮吸血鬼正躺在我的身邊酣睡，使我大吃一驚。

啊，不過她已經不是吸血鬼了吧。

「看來她沒事，這樣我就放心了。話說她怎麼不是幼女的模樣？」

「那種姿態對高等精靈來說，似乎是一種在危急時保護自己的狀態，而且她現在也恢復原狀，精靈長老說她沒問題了。」

「不過，她為什麼在睡覺呢？」

「你就體諒她一下吧。她說無論如何都想親自對你道謝，直到剛才都還醒著呢。」

那還真是抱歉。現在叫醒她也不太好，就讓她繼續睡好了。

「話說長老呢？」

「——她受到非常嚴重的心理打擊，現在還躺在床上起不來。」

「咦！」

「你給徬徨白髮吸血鬼致命一擊的時候，山銅劍不是消失了嗎？這就是原因。真要說的話，就是痛失山銅症候群吧。」

「這個嘛，我該說什麼……」

「從她那副模樣來看，她肯定會強闖你的山銅礦脈。」

「那是無所謂啦。」

照長老所說，山銅對精靈而言是不可或缺的東西。

既然她只能仰賴我的礦山，那麼讓她來也沒什麼大不了的。

聽到我這麼說後，樑小姐睜大了雙眼。

「真的沒關係嗎？照長老那副模樣看來，會去你領地的可不只有她喔？」

「咦？」

「精靈軍團會湧進你的領地喔？」

「沒關係啦。」

「這樣啊。真不知道該不該誇你這個人大器……算了，你應該不會有問題。」
樑小姐不知為何對我的決定大感愕然。為什麼呢？

＊

醒來後，我去檢查了一遍身體，回來時嗚妞子依然還在睡。
「話說，再叫她嗚妞子很奇怪吧？得幫她想個新名字。」
「好的，哥哥。叫她『真・嗚妞子』怎麼樣？」
「你聽好你聽好，我推薦『嗚妞子第二版』。」
「……奏覺得『嗚妞子☆二號』比較好，適合她女僕的身分。」
大家的命名品味都很難以形容。
「根本沒有參考價值！」
「我覺得幫她取嗚妞子這個名字的哥哥沒資格說這種話。」
「這是兩回事。」
算了，名字之後再想好了。
「……咦？她的頭髮變銀色了？」

「哥哥打敗徬徨白髮吸血鬼後，她就變成這樣了，這應該是吸血鬼的特徵吧。」

「真的耶。髮色跟奏一樣呢。」

「……可惡的嗚妞子。原本以為她終於不和奏重複蘿莉角色了，現在居然變成和奏一樣的銀髮雙馬尾……！」

不是，綁雙馬尾的人只有奏而已。

「對了，哥哥，她眼睛的顏色也變了喔。」

「是嗎？變成什麼顏色？」

「非常漂亮。之前的火紅色果然是屬於吸血鬼的顏色。」

就在我們這麼聊著時。

——之前一直在沉睡的美麗少女，大大睜開了她的雙眼。

她以清澈的嫩綠色眼眸凝視著我。

隨後就如一位害羞的少女，面露輕柔的微笑。

8

回到王都後，我先去拜訪了橙子小姐，可是她不知為何非常生氣。為什麼呢？

「是、是喔……？鈴葉兄找到了傳說中的精靈之里啊，喔～～哇——好棒喔——？」

「沒有啦，巧合是很可怕的。」

「還有！有精靈陪侍在鈴葉兄兩旁的情景，該不會是我的錯覺吧！而且如果我的記憶沒出錯，其中一個不就是徬徨白髮吸血鬼嗎！」

「這個嘛，這是有很複雜的原因。」

我來回看了看身邊的兩位精靈——長老和鳴妞子，同時向橙子小姐解釋。

鳴妞子原本是精靈之里的高等精靈。

鳴妞子在很久以前與徬徨白髮吸血鬼一戰，兩者最終合而為一。

其結果是徬徨白髮吸血鬼存活了下來，但由於她寄生的鳴妞子也活著，因此吸血鬼對世界造成的災害和以前相比大幅減少了。

不過我和徬徨白髮吸血鬼在祕銀礦山一戰後，鳴妞子變成了幼女，壓制吸血鬼的力量也

因此減弱。

而我這次利用精靈的寶珠和山銅劍，澈底消滅了寄宿在嗚妞子體內的徬徨白髮吸血鬼。

——我解釋完後，橙子小姐一臉凝重地點了點頭。

「嗯，我完全聽不懂。」

「咦咦咦咦！」

「哎，我也早就放棄自己能理解鈴葉兄做的任何事的想法了喔。可是這次的情況很特別吧——畢竟你拯救了傳說中的精靈和世界。」

「……是嗎？」

橙子小姐真是的，怎麼突然說這種話？

橙子小姐見到我大感困惑的表情，說聲「真受不了你」後嘆了口氣：

「我確認一下，不算上鈴葉兄小時候遇到徬徨白髮吸血鬼那次，你至今和她戰鬥過兩次了對吧？」

「是的。」

「然後，在第二次和她戰鬥過後，嗚妞子就變成幼女了對吧？我想從那時候開始，嗚妞子身上就沒有足夠的魔力了，沒有能力壓制徬徨白髮吸血鬼，對吧？」

「是這樣嗎？」

我不禁望向兩位精靈，她們對此都點頭。

我想就算她們詳細解釋我也聽不懂，所以我還是別深究好了。

「所以要是繼續放著嗚妞子不管，她總有一天會無法壓制徬徨白髮吸血鬼，吸血鬼應該會徹底復活，在大陸上毀滅所有文明。」

「嗯，應該是吧。」

精靈長老無比凝重地附和道。真的假的？

「真虧妳這個人類能想到那麼多呢，小丫頭。」

「嗯，我好歹是這個國家最厲害的魔法師嘛～～」

橙子小姐極力挺起她那豐滿至極的胸部。

……咦？那她剛才說完全聽不懂是什麼意思？

「橙子小姐不是比我更了解嗎？」

「你在說什麼啊！我說的是我實在不明白鈴葉兄是如何戰勝能量全滿狀況絕佳的徬徨白髮吸血鬼啦！」

「因為我很努力嘛。」

「努力就能贏的話，就不需要軍隊了！」

這時站在我背後的鈴葉開口：

「這個嘛，因為哥哥之前沒有軍隊也打贏了戰爭嘛。」

接著在一旁的楪小姐也說道：

「唉，就連我這個夥伴也完全不懂，橙子怎麼可能會明白。」

「別說啦啊啊啊啊！」

……橙子小姐會抱頭吶喊，不是我的錯吧？一定不是。

在那之後，橙子小姐抱頭苦惱了一會兒。

不久後她甩了甩頭，似乎振作起來了。

「……算了，我放棄。不管怎麼樣，鈴葉兄又一次拯救了這片大陸無疑是事實。」

「又一次？」

「你想想去年夏天，你們遇上巨魔王大軍那次。」

「啊～～聽妳這麼一說，我就想起來了。」

「感覺就像是相隔一年的第二次呢，還是連續兩年？」

這種計算方式是怎樣？聽起來就像在算參加比賽的次數一樣。

「不過啊，就算是這樣好了，這也不是精靈離開聚落到這裡的理由吧！」

「啊，我剛才沒說嗎？」

精靈長老——甚至是整個聚落的精靈都跟在鈴葉及樸小姐後面，總共大概有數十人。

原因很簡單，原先居住在精靈之里的精靈們都搬家了。

「精靈好像需要山銅，才能發揮他們自身原有的力量。不過他們說精靈之里的山銅礦脈已經枯竭好幾百年了。」

我帶去的山銅也已經用掉了。

至於原因，是因為全都用來打造山銅劍了，而且那把劍在擊敗徬徨白髮吸血鬼時隨之溶解了。

我想山銅的力量，肯定是消滅那個惡魔的最後一道助力。

不過精靈長老在戰鬥結束後一直很失落，我不由得跟背影盡顯孤寂的她說了幾句話，因為她看起來實在太沮喪了。

「所以我就問她：『要不要來我領地的山銅礦脈附近住？』」

精靈長老的反應無比激烈。

她就像立下了斬殺惡鬼的大功，氣勢十足地答應了。

「……然後長老就非常激動地逼近我說『是你說的喔！你說可以住的喔！』……」

「我當然會激動，這對我們來說也是事關生死的大事。」

「但是我完全沒想到妳會把所有人都帶過來。」

「哼，既然世界上有山銅存在的土地，原先的聚落有什麼意義。沒有人反對遷移。」

「嗯，大家也沒有理由反對吧，這樣挺好的。」

就在我們說話時，橙子小姐又抱住頭。她怎麼了？

「……我說鈴葉兄。」

「什麼？」

「庶民不太有這種情況，不過在這片大陸的貴族階層中有一部分……不對，是有半數以上的貴族都深深信仰著精靈喔。」

「什麼？」

「講白一點，精靈這種貌美魔力又強大的種族，對人類來說就和上位種族一樣，所以有很多人都把精靈當作活生生的神來對待。在歷史上獵捕精靈的時代過後，這種風潮就逆勢而起了……你認為被那些人崇敬的精靈定居在人類特定的領地，究竟會發生什麼事？」

「天曉得。」

「一定會有別的領主說這樣不公平，要求讓精靈也去他們的領地。」

不，這也不是其他人有意見就能怎麼樣的事啊。

我看向長老，她以厭煩的表情說：

「我們可不會去沒有山銅的地方。」

「通常都會這麼想對吧？不過精靈定居在某塊土地上，該地就明顯成了權力與魔力的象徵，所以他們也不會輕易罷休的。」

「……會成為戰爭的導火線嗎？」

「照理說是這樣啦～～但我不清楚這片大陸上有沒有蠢貨敢向鈴葉兄發起戰爭。」

原來如此，聽她說完後我終於明白了。

——楪小姐當時曾預言會有大批精靈湧入我的領地。

那時候的我表示「沒關係」後，楪小姐不知為何苦笑著說「如果是你，不會有問題啦」之類的。

當時我不明白她在擔心什麼，原來是這麼一回事。

「不過，我明白鈴葉兄是什麼樣的人，就算勸阻你，你也不會聽對吧？」

「是沒錯啦。」

雖然我不是自願當上邊境伯爵的。

但既然我成為貴族了，就打算履行最基本的義務。

「貴族的工作，就是要幫助向自己求助的領民吧？」

聽到我這麼說後，我面前的橙子小姐。

身邊的精靈長老，嗚妞子。

還有在我背後的鈴葉和楪小姐，以及來自精靈之里的人們。

他們都說這很像我會說的話，隨後笑了出來。

epilogue

終章

羅安格林城的餐廳中，出現一片屍橫遍野的慘狀。

足以讓數十人同時用餐的長桌前。

在其一角，最後的火焰如今正要熄滅。

「……一、一次就算了，居然輸了第二次……哥哥……！」

啪噠一聲。

鈴葉的頭倒在桌子上。

她的雙手都握著松葉蟹腿。

——有兩道身影從擺在餐廳角落的矮桌旁，觀望這幅場景。

「……我感覺之前也有看過一模一樣的場景……」

「就是找碴遊戲等級的小差異而已。她上次有一隻手拿著海膽軍艦壽司。」

綾野稍微吐槽鈴葉的兄長的感想。

「啊，我來泡茶。」

「我來泡吧。話說回來，閣下不去和她們一起大吃一頓沒關係嗎？」

上次由於他要接待橙子女王而無法盡興，但這次就可以了。

鈴葉的兄長露出為難的表情否定了綾野的疑問。

「是這樣沒錯，可是考慮到送禮的人就……你懂吧？」

「又沒有什麼關係。」

在鈴葉的兄長一行人回到羅安格林邊境伯爵時，有一大批螃蟹在差不多的時間寄達了城堡，送禮的不是別人，正是聖教國的大主教。

隨附的信中表示，這批僅僅是問候的禮物。

上頭沒有寫任何具體的要求，反而讓鈴葉的兄長覺得很可怕。

然而綾野完全不把雇主的意見放在心上。

「你不用擔心那麼多。啊，閣下要不要吃條蟹腿？」

「那我吃一條好了……啊，真好吃。」

「閣下，你聽好了。聖教國本來是整片大陸的宗教領袖，而大主教就是聖教國幕後的老大喔。講白一點，無論是他的地位，權力還是財富，都遠超過那些大國的國王。不過我想這片大陸上能和聖教國掌權者們匹敵的人，目前應該只有橙子女王吧。」

「咦咦咦，橙子小姐好厲害……！」

鈴葉的兄長似乎由衷對橙子女王感到敬佩，讓綾野不禁對他翻了個白眼。

——是多虧了哪位擁有最強的軍事力量及山銅，實力跟作弊一樣卻毫無野心又毫無自覺的邊境伯爵，橙子女王才能夠這麼囂張呢——？

除了自己以外，究竟還有多少人在心底號哭著想和橙子女王交換立場呢？綾野一邊想著這種毫無益處的事，一邊剝著蟹殼。

「所以這份禮物對大主教來說，真的就像跟問候一樣。真令人火大。」

「送這批螃蟹嗎……？」

「對，他會送一堆最高級的螃蟹過來，就是要炫耀他的權力和財富。」

綾野認為自己說的絕非虛言。

不過，她還有一句話沒有說。

能讓有權有勢的大主教認真想送禮問候的人，在這世上究竟有多少人呢——？

綾野可以斷言。

在這個世界上只會想到一個人。

＊

與螃蟹戰鬥的所有人都倒下了，所以他們兩人讓大家躺下來休息。

一開始他們也覺得這原本是奏這個女僕的工作，但是她本人躲在餐桌下不停偷吃，最終也陣亡了。

鈴葉的兄長看著穿著女僕裝卻露出肚子倒在地上的奏，無奈地笑了。

「看來她沒辦法做女僕的工作了。不過對手是螃蟹，會這樣也正常。」

「可是閣下，不是還有一個女僕嗎？」

「我們只有奏一個女僕啊。」

「我記得還有一個擔任見習女僕的小女孩。」

「啊啊。」

鈴葉的兄長指向沉沒在螃蟹之海的嗚妞子。

「那邊有兩個精靈吧。其中一個就是長大後的她。」

「……那個，我聽到了兩句我無法理解的句子。長大後的她這句話讓我深感困惑，但話說到底，精靈這個種族應該滅絕了吧……？」

「沒什麼啦，就是嗚妞子她原本是精靈。然後我們之前去了一趟精靈之里，那裡的長老就是現在躺在嗚妞子身邊的人。」

「……我會當作沒聽到……」

綾野從精靈身上別開視線並這麼說道，她決定先逃避現實。話雖如此，她非常清楚基於自己的職責，明天就得面對這一切了。

於是兩人花了點時間，總算安置好了所有人，讓她們躺下休息。

綾野看著躺成一排的鈴葉和楪等人，如此心想。

——見習女騎士，公爵千金，女僕和傳說中的精靈排成一排沉睡，這種光景究竟多麼混亂啊。

她冷眼望向這一切的原因，在場唯一的男人。

「——親眼見到這種情況，我真切地感受到閣下回來了呢——」

當然，她這番話完全是諷刺。

鈴葉的兄長聽到她這麼說，訝異地眨了眨眼。

「啊啊，對了，我都忙到忘記了。」

「什麼？」

綾野心想著還有比這更可怕的事嗎？並且下意識地做好了準備，然而鈴葉的兄長對她這

麼說道：

「我還沒和你問候呢——我回來了，綾野。」

聽鈴葉的兄長笑著這麼說，綾野就像遭到偷襲一般僵住了。

她隨即面露苦笑，優雅地鞠躬。

「閣下，歡迎回來。我一直期盼著你歸來——」

postscript

後記

——是的，那是在完成第二集的校閱工作和後記，於年末時發生的事。

在那天夜裡，編輯打了通電話給我。

『我們打算製作有聲漫畫放在網路上公開，所以請你寫劇本。』

「有……有聲漫畫……？那是什麼？」

我不知道那是什麼，這才知道將漫畫一格一格加上音效和臺詞，製作成影片的成品就叫做有聲漫畫（VC）。編輯表示要製作那種東西。

就在這個時候，我的腦海中突然靈光一閃。

（這、這不是所謂「參觀聲優錄音事件」的前置劇情嗎……！）

——這是我個人的想法與偏見，說到輕小說作者的夢想與野心前三名就是：

第一名　年收八千萬

第二名　在編輯部的款待下，大吃高級壽司和高級螃蟹

第三名　參觀聲優錄音

所以，也就是說，我將達成這三者之一了。

（我、我能去參觀聲優的錄音現場嗎……！）

話雖如此，我已經是個成年人了，我不會把內心的激動表現出來，因為我會害羞嘛。

於是我好不容易寫出了劇本，交給霜月老師製作成既完美又有趣的漫畫後，時間就在我就沉浸於「專業人士真厲害……！」的感動中流逝，新的一年某一天，編輯打電話過來，表示『影片做好了！』。

「……咦？所以，聲優錄音……？」

『那早就結束了啦。』

錄音的工作在我不知情的期間完成了。可惡。

不過，那部影片無論是繪畫還是聲音都非常棒喔！

這次也要感謝大家的幫助，這本書才得以出版。

網路版的讀者，為本作繪製既色又可愛插圖的世界第一なたーしゃ老師、編輯M下大人、校對人員和營業部門等所有參與本作的各位。

然後最重要的，就是購買了本作的您。

我由衷地感謝各位。

After my sister
enrolling in
Girl Knights'School,
I become a HERO.

Illustrator：Tantan
©2023 Seiya Hoshino

聯誼去湊人數的我，把不知為何沒人追的前人氣偶像國寶級美少女帶回家了。 1 待續

Kadokawa Fantastic Novels

作者：星野星野　插畫：たん旦

與國寶級般可愛的前偶像相遇——
從聯誼開始的勵志系愛情喜劇開幕！

同一所大學的足球社隊友阿崎清一對槙島祐太郎說：「男生這邊的聯誼人數湊不齊，所以我就擅自把你算進去了。」甚至要求他負責把沒人看上眼的那個女生帶回家。但是那位沒人想追的女大學生，竟然是超人氣偶像團體的前任Ｃ位——綺羅星絢音……！

NT$220/HK$73

聲優廣播的幕前幕後 1～7 待續

Kadokawa Fantastic Novels

作者：二月公　插畫：さばみぞれ

雖然嚴厲且嘴巴很壞，但其實比任何人都還要溫柔！
夕陽與夜澄也要為了可愛的前輩而挺身相助！

由於粉絲心態作祟，導致芽玖瑠無法在試鏡發揮實力。儘管因為沒有爭取到角色而將廣播節目作為主戰場，但此時的她開始注意到自己作為聲優的極限。芽玖瑠被一直支持著自己的搭檔花火所說服，從一名「聲優粉絲」畢業。然而，她的眼神卻失去了光輝──

各 **NT$240~250/HK$80~83**

不時輕聲地以俄語遮羞的鄰座艾莉同學 1~8 待續

Kadokawa Fantastic Novels

作者：燦燦SUN　插畫：ももこ

艾莉得知政近心中最愛的竟是那個女孩？
超人氣青春戀愛喜劇，慶生會篇開始！

「生日快樂。有緣可以認識妳，我打從心底感謝。」【我才要謝謝你。】艾莉與政近為這份相識的奇蹟相互感謝並祝福。然而在兩人順利加深情誼的這時候，某個險惡的影子悄然接近。融入日常生活的危險因子（少女）開始蠢蠢欲動……

各 **NT$200~260/HK$67~87**

國家圖書館出版品預行編目資料

妹妹進入女騎士學園就讀,不知為何成為救國英雄的人竟是我。 / ラマンおいどん作 ; 貓月齋譯. -- 初版. -- 臺北市 : 臺灣角川股份有限公司, 2024.07-
冊 ; 公分. -- (Kadokawa fantastic novels)
譯自 : 妹が女騎士学園に入学したらなぜか救国の英雄になりました。ぼくが。
ISBN 978-626-400-222-6(第3冊 : 平裝)

861.57 113006549

Kadokawa Fantastic Novels

妹妹進入女騎士學園就讀，不知為何成為救國英雄的人竟是我。 3

（原著名：妹が女騎士学園に入学したらなぜか救国の英雄になりました。ぼくが。 3）

2024年7月24日　初版第1刷發行

作　者：ラマンおいどん
插　畫：なたーしゃ
譯　者：貓月齋

發行人：台灣角川股份有限公司
總　監：呂慧君
總編輯：蔡佩芬
主　編：林秀儒
副主編：楊鎮遠
設計指導：陳晞叡
美術設計：黃永漢
印　務：李明修（主任）、張加恩（主任）、張凱棋、潘尚琪

發行所：台灣角川股份有限公司
地　址：104台北市中山區松江路223號3樓
電　話：（02）2515-3000
傳　真：（02）2515-0033
網　址：www.kadokawa.com.tw
劃撥帳戶：台灣角川股份有限公司
劃撥帳號：19487412
法律顧問：有澤法律事務所
製　版：尚騰印刷事業有限公司
ISBN：978-626-400-222-6